혼백의 길

# 혼백의 길

## 魂魄の道

메도루마 슌 소설

조정민 옮김

문학사

**일러두기**

메도루마 슌 문학의 중요한 특징 중 하나는 시마고토바(오키나와 사투리)를 수시로 사용하고 있다는 점이다. 이 책에서는 시마고토바를 이탤릭체로 구분해 작가의 의도를 살리고자 했다.

차례

# 한국어판에 붙여

메도루마 슌

나는 1960년 10월 오키나와 북부의 나키진今帰仁이라는 마을에서 태어났다. 조부모님과 부모님, 형과 여동생 두 명과 함께 사는 8인 가족으로, 고등학교를 졸업하고 나하 시에 소재한 대학에 진학할 때까지, 일상생활에서는 나키진 고유의 섬 말(시마 고토바)을 사용했다. 대학 시절에 강의를 들었던 한 언어학자에 따르면, 오키나와어와 일본어는 영어와 독일어 정도로 차이가 있다고 한다. 나에게 공통어, 즉 일본어는 학교 교육이나 미디어를 통해 배운 것이고, 모어는 나키진 지역에서 사용되고 있는 오키나와어이다.

조부모님은 젊은 시절 이야기를 종종 꺼내곤 했는데, 돈을 벌기 위해 가나가와나 오사카로 갔을 때 그곳에서 받았던 차별 경험을 들려주기도 했다. 1920~1930년대 일본 본토에서는 식당 앞에 '조선인·류큐인 사절'이라는 벽보가 붙기 일쑤였고, 십대 시절 방적 공장에서 일한 적이 있는 할머니는 일본인 동료로부터 '썩을 놈의 오키나와, 돼지나 죽이는 주제에'라는 욕설을 듣기도 했다고 한다. 할머니는 기가 센 편이었는데, 화로에 꽂힌 쇠 젓가락을 빼들어 자신을 우습게 여기는 일본인 여공의 이마를 꽉 누르고 더 찌르려 하자, 주위 사람들이 말리는 바람에 관둔 일도 있었다고 한다. 그런 일이 있고 난 뒤, 일본인 여공들이 할머니에게 정중한 말투를 쓰게 됐다고 한다.

할머니는 오키나와 전투에 대해서도 이야기하면서 "미군보다 우군(일본군)이 더 무서웠다"고 말했다. 오키나와 섬 북부의 경우, 미일 양군이 벌인 본격적인 전투는 4월 중순에 끝이 난다. 처음에 미군은 섬 중남부 전투에 집중하기 위해 북부 주민들이 집으로 돌아가 생활하는 것을 허용했다. 스스로 식량을 해결해주는 게 미군에게 더 유리했기 때문이다.

일찍부터 미군의 점령하에 놓였던 북부 지역에서 주민들을 위협한 것은 패잔병이 돼 산속에 숨어 있는 우군이었다. 저녁이 돼 마을에서 미군이 철수하면 일본군이 산에서 내려와 주민들의 식량을 강탈하고는 했다.

그뿐만이 아니다. 그들은 미군과 접촉한 마을 유지들을 스파이로 몰아 학살하기 시작했다. 나의 할아버지도 일본군이 목숨을 노리는 것을 눈치채고 그들이 집을 습격하기 전에 도망쳐 겨우 살아남았다. 이런 일 때문에 주민들 사이에서는 '미군보다 우군이 더 무섭다', '군대는 주민을 지켜주지 않는다'는 인식이 팽배해졌다.

오키나와 전투에서 미일 양군의 전력 차이는 컸다. 십 대부터 육십 대 이상까지의 오키나와 남성들은 일본군이 조직한 방위대, 철혈근황대, 호향대 등에 동원됐다. 진지 구축을 비롯해 물자 운반, 통신 보조 등의 임무를 맡아 전투에 참가한 남자들도 많았고, 폭탄을 안고 적의 전차에 몸을 던지라는 명령을 받은 사람들도 있었다.

당시 나의 아버지는 14세로 현립 제3중학교에 다녔는데 일본군이 조직한 철혈근황대의 일원으로 소총을 들고 전투에 참가했다고 한다. 제2차 세계대전에 전투원으로 참가한 최연소 세대일 것이다.

어릴 적부터 조부모님과 부모님, 그리고 친척들에게 들었던 오키나와 전투 이야기는 나에게 큰 영향을 미쳤다. 때문에 내가 오키나와 전투를 소재로 소설을 쓰는 건 자연스러운 일이다.

이 책에 수록된 작품 중에도 가족이나 친지들에게 들은 이야기를 살린 게 있으며, 오키나와 현 내의 나이 많은 분이나 다른 지역에 거주하는 일본 병사 출신자에게 들은 이야기를 바탕으로 한 작품도 있다.

「혼백의 길」에는 아기를 우엉검으로 찔러 죽이는 장면이 나온다. 이것은 가고시마 현에 사는 전 일본 병사가 말해준 실화다. 소설에 쓰지는 않았지만, 그분은 오키나와 섬 최남단의 해안에서 궁지에 몰린 오키나와 여성이 자기 아이의 머리를 몇 번이나 바위에 내리치고서 바다에 던져버린 뒤 자신도 뒤따라 바다로 뛰어들어 자살하는 장면도 목격했다고 말했다. 세상의 지옥이란 바로 이런 것이다.

내년은 오키나와 전투가 일어난 지 80년이 되는 해이다. 그러나 이 섬에 아직 평화는 찾아오지 않았다. 미군 기지와 자위대 기지가 집중돼 있는 오키나와는 류큐 열도 전체가 중국에 대항하는 군사 요새가 되고 말았다.

이와 함께 오키나와 전투에 관한 역사 왜곡과 미담 만들기가 일본 정부와 우익 세력에 의해 진행되고 있다. '군대는 주민을 지켜주지 않는다'라는 오키나와 전투의 교훈을 부정하고, 일본군에 의한 주민 학살이나 식량 강탈, 방공호 퇴출, 강제 집단 자결 등 부정적인 역사를 교과서에서 삭제하는 움직임이 일어나고 있는 것이다.

이는 일본군에 의한 난징 대학살과 아시아 각지에서 발생한 강간, 전시 성노예 문제 등을 부인하고 은폐하는 움직임과 궤를 같이하고 있다. 일본 제국주의의 침략과 식민 지배의 역사를 정당화하고, 그 이전에 류큐국을 무력으로 위협하고 병합한 역사도 당연한 일인 양 이야기되고 있다.

일본 정부를 중심으로 한 이러한 움직임에 맞서 오키나와인들이 자신의 역사를 기록하고 탐구하며 표현하는 움직임도 계속되고 있다. 내 소설도 그런 '기억을 둘러싼 싸움' 속에서 씌어졌다. 미군 기지와 자위대 기지 강화에 반대하는 행동을 이어가면서 틈틈이 쓴 작품들이다.

한국의 독자들이 이 책을 통해 류큐·오키나와의 역사와 현실에 관심을 가져주셨으면 좋겠다. 또한 한국과 오키나와 사이의 바다가 대립과 격랑의 바다가 아닌 연결의 바다가 되기를 바란다.

마지막으로 이 책의 번역과 출판에 힘써주신 모든 분들께 깊이 감사드린다.

혼백의 길

오키나와 평화기념공원 주차장에 차를 세운 아들 가즈아키는 먼저 운전석에서 내려 조수석에서 내리려는 나를 부축했다. 전쟁에서 입은 오랜 부상 때문에 나이가 들면서 오른쪽 무릎이 아주 불편해진 나는 차를 타고 내리는 데 꽤나 시간이 걸린다. 지팡이를 짚고 아스팔트 위에 서자 발밑에서 열기가 느껴진다. 10월에 들어섰지만 오키나와의 오후 햇살은 아직 강렬하고 바다에서 불어오는 바람은 기분을 좋게 만든다.

　주차장에서 '평화의 주춧돌'로 가는 길에 내 보폭에 맞춰 천천히 앞서 걷던 가즈아키가 뒤를 돌아보더니 근처에 늘어선 매점 쪽을 턱으로 가리킨다.

　아침부터 걸었으니 좀 쉬었다 갈까요? 아직 시간도 있고.

　가즈아키의 말에 따라 소프트 아이스크림과 오키나와 소바 간판을 내건 매점 앞 테이블에 자리를 잡고 앉았다. 가게로 들어간 가즈아키는 차가운 산핑차 캔을 사서 뚜껑을 열어 내 앞에 놓아주었다. 캔에 묻은 물기를 닦고 한 모금 마신다. 고맙다고 인사를 했다. 가즈아키도 캔을 들고 고개를 젖혀 마신다. 턱과 목에 남아 있는 깎지 않은 수염이 제법 희끗희끗하다. 밑이 휑한 머리도 마찬가지다. 아들이 벌써 쉰이라니⋯⋯. 올해로 여든여섯이 되는 자신이 노쇠해가는 것은 당연한 일처럼 느껴졌다.

캔을 테이블에 놓고 왼손 엄지와 중지로 눈을 비비고 있는 가즈아키는 나이보다 훨씬 늙어 보인다. 그 모습이 영 마음에 걸린다. 결혼한 지 6년째 되던 서른네 살 때, 그는 이혼하고 얼마 되지도 않은 상황에서 그때까지 근무하던 나하의 여행사를 그만뒀다. 이후 본가와 가까운 오키나와 섬 북부 시가지에 아파트를 빌려 줄곧 혼자 살고 있다. 헤어진 상대가 외동딸을 데리고 고향 가나가와로 이사한 뒤부터는 일절 소식을 주지도 받지도 않는다고 한다. 이혼 사유도 제대로 들은 적이 없는데, 아무튼 전처는 딸과의 만남은 물론이고 전화 한 통도 허락하지 않았다.

처음에는 불만스러워하던 가즈아키도 이제는 완전히 포기한 모양이었다.

같이 살아도 얼굴 보는 게 일 년에 고작 몇 번밖에 안 된다면 핏줄이라 해도 의미가 없지.

내가 그렇게 말할 때마다 아내 미요는 자기 손녀인데도 너무 냉담하다며 힐난했다. 십 년 전 그런 미요가 사망했을 때도 코빼기도 보이지 않고 조의 전보 하나 보내지 않았던 두 사람에게는 정나미가 떨어져버렸다. 그들도 나와 같은 마음일 것이다. 아내가 텔레비전 위에 소중히 올려둔 손녀의 어린 시절 사진조차 장롱 서랍에 넣어버렸다.

십 분 정도 휴식한 다음 다 마신 캔을 가즈아키가 정리하기를 기다렸다가 일어섰다. 지팡이 없이 걷자면 걸을 수야 있겠지만 오른쪽 무릎이 잘 구부러지지 않아서 지팡이에 몸을 지탱하며 질질 끌고 가는 게 그나마 편했다. 무리하면 나중에 무릎이 아파지기 마련이다. 지금 당장 괜찮다고 방심하면 안 된다고 스스로에게 타일렀다.

앞서가는 가즈아키는 구김이 간 겉옷을 입고 고개를 떨구고 있다. 피로와 시름에 찌든 뒷모습이다. 직장을 북부로 옮겨 그 지역 호텔에서 십여 년간 근무했는데 일 년 전에 그만 도산하고 말았다. 전국 체인의 호텔이 늘어나면서 낡고 작은 호텔은 겉보기에도 쓸쓸해 보였고 밤에 불이 켜진 객실은 늘 손에 꼽을 정도였다. 한동안 얼마 안 되는 퇴직금과 실업보험금으로 지내다 지금은 경비원 일을 하며 버티고 있다.

쉰 살이 된 자신이 일할 수 있는 곳이란 그런 곳밖에 없다고 시원시원하게 말하긴 했지만, 그건 나를 걱정시키지 않으려고 애써 둘러대는 게 분명했다. 주말이 되면 본가에 들러 마당을 돌아보고 부서진 곳을 고치는 등 내가 할 수 없는 일을 해준다. 어렸을 때부터 그런 배려는 몸에 배어 있었다. 가즈아키가 있기에 나도 이 나이에 혼자 살 수 있었다.

연못을 지나 정자처럼 보이는 휴게소에 이르자 가즈아키는 쉬자며 먼저 앉았다. 매점에서 이동한 거리가 길지는 않았지만 나를 위해 일부러 배려하는 것을 알기에 거절하고 싶지 않았다. 바다를 향해 곧게 뻗은 길 좌우로 검은 화강석이 병풍처럼 늘어서 있다. 하늘은 연한 파란색을 띠며 맑게 개어 있고 구와디사 나뭇가지가 그늘을 만들어주고 있다.

평화의 주춧돌을 찾은 건 두 번째다. 1995년 여름, 완성된 지 얼마 되지 않았을 무렵 큰딸 사토미 부부의 권유로 처음 방문한 적이 있다. 신혼부부에다 아직 아이도 없던 두 사람은 휴일에 드라이브를 자주 하곤 했다. 가끔 효도하는 마음으로 친정에 들르는 사토미가 고마워 미요와 둘이서 차 뒷좌석에 나란히 타고 나서곤 했는데, 그날 오전에는 세화우타키와 히메유리 평화기념자료관을 먼저 둘러보고 점심을 먹은 뒤 평화기념공원을 찾았다. 검은 돌판으로 만들어진 평화의 주춧돌과 거기에 새겨져 있는 수많은 이름들을 처음 마주했을 때 나는 완전히 압도당하고 말았다. 하지만 어쩐지 공허한 인상을 받았다.

오키나와 전투 당시 열여덟 살이었던 나는 오키나와 섬 북부의 어느 마을에서 아버지와 함께 농사를 짓고 있었다. 또래의 청년들 대부분이 호향대護鄕隊에 들어갔지만 나는 몸집이 커서인지 방위대로 배치돼 중부 전선에서 미군과 정면으로 대치하는 우군 부대와 행동을 같이해야만 했다. 평화의 주춧돌에서 나는 같은 부대에 소속돼 있던 동료와 철혈근황대에 들어갔다 전사한 사촌, 그리고 같은 마을의 지인 이름을 찾아내고서 딸 부부에게 전쟁 당시의 일을 들려주었다. 이야기하다 보면 생생하게 되살아나는 기억에 가슴이 철렁 내려앉는다. 동료를 버리고 후퇴했을 때의 일을 꺼낼 때는 목소리도 떨렸다. 미요도 사토미도 처음 듣는 이야기에 귀를 기울이고 있었다. 전쟁 이야기를 입 밖으로 꺼내기 전까지 이렇게 흥분할 줄은 몰랐다. 하지만 이야기를 끝내고 검은 돌판에 줄줄이 새겨진 이름들을 다시 바라봤을 때, 공허한 인상은 여전히 남아 있었다.

고인의 이름을 적은 것이라면 우선 위패가 있다. 오키나와 사람들은 위패를 각별하게 소중히 여긴다. 전쟁 중에도 천으로 싸서 피난처로 가져갈 정도였다. 유골이 고향으로 돌아가지 못한다 해도 가족이나 가문이 손을 모아 기리는 곳은 결국 무덤이다. 만들어진 지 얼마 되지 않은 평화의 주춧돌에는 아직 들뜬 분위기가 감돌았고, 윤기 나는 돌 표면에 새겨진 이름에 손을 얹어도 텔레비전 뉴스 영상이나 신문 사진에서 보듯 눈물이 흐를 정도의 감회는 없었다. 돌아올 때는 두 번 다시 오지 않겠다고 마음먹을 정도였다.

우리 마을에서는 차로 두 시간 이상 걸리기도 해서 실제로 그 뒤로 다시 찾은 일은 없었다. 노인회에서 준비한 여행 코스에 평화기념공원이 들어 있을 때도 영 내키지 않아 불참했다. 오늘 일부러 찾아온 것은 혼백의 탑에 기도를 드리고 돌아오는 길에 가즈아키가 들러보자고 먼저 말했기 때문이다.

남부 전쟁터를 돌아보는 건 이게 마지막 기회다 싶어 나는 승낙했다.

계절 때문인지 평화기념공원 내에 사람은 드물었고, 관광차 찾은 듯한 노인들의 무리와 어린 자녀를 동반한 가족, 부부로 보이는 중년 남녀 등이 드문드문 걷거나 주춧돌 앞에서 이름들을 살피고 있을 뿐이었다. 가즈아키의 부축을 받아 일어서서 오른쪽 무릎을 감싸며 걷기 시작하자 근처 잔디밭에서 쉬고 있던 젊은 남녀가 딱하다는 듯이 쳐다본다. 그 시선이 거북해 걸음을 재촉하며 몇 걸음 걸었을 때 오른쪽 무릎에 통증이 스쳤다. 나도 모르게 멈춰 서서 무릎에 손을 대자 가즈아키가 내 어깨를 옆에서 감싸안았다.

괜찮아요?

웃으며 고개를 끄덕이고 잠시 상황을 살피다가 살짝 오른발을 앞으로 내밀어보았다. 통증이 약간 남아 있었지만 걷지 못할 정도는 아니었다.

*괜찮아. 신경 쓸 것 없다.*

그렇게 말하며 가즈아키의 손을 밀어냈다. 그날 밤을 떠올리면 이 정도의 아픔은 대수롭지 않다. 이런 생각을 되뇌며 걷고 있자니 웅덩이에 조명탄 빛이 반사된 진흙길이 눈앞에 되살아났다.

하에바루에 있던 육군병원 방공호에서 남부로 철수하던

와중이었다. 밤길의 깊은 진창은 쇠약해진 몸에서 힘을 마구 빼앗아 갔다. 혼자 걸을 수 있는 환자는 자력으로 이동하라. 그렇게 명령을 받은 터라 나는 소나무 가지로 만든 지팡이에 몸을 의지한 채 오른발을 질질 끌며 빗속을 걸었다. 측면에서 함포탄 파편이 날아와 오른쪽 무릎 위에 꽂혀 병원 방공호로 옮겨진 건 일주일 전이었다. 그 정도 상처에 약 따위 필요 없다는 군의관의 판단에 따라 파편을 뽑아낸 다음 상처를 씻고 낡은 붕대로 환부를 감았다. 그러고는 양쪽에 부목을 대고 천으로 단단히 고정시켰다. 골절은 면했지만 통증 때문에 밤잠을 설쳤다. 방공호 안에서는 중상 환자가 우선이었다. 비가 오는 날을 제외하고는 방공호 근처 나무 밑에 몸을 뉘어야 했다.

남부로 철수하라는 명령을 받았을 때, 걷지 못하면 자결할 수밖에 없다는 건 금방 깨달을 수 있었다. 위생병이 가지고 온 지팡이에서는 송진 냄새가 났다. 한 발짝씩 내디딜 때마다 극심한 통증이 몰려와 눈앞이 어지러울 정도였지만, 몸을 움직일 수 있으니 그나마 나은 편이라고 스스로를 타일렀다. 남겨진 자들의 목소리가 방공호 안에서 메아리를 일으키고 외마디 말이 어둠 속에서 쏟아져 나온다.

귀와 마음을 단단히 닫고 빗속을 이동하는 사람들의 흐름에 뒤쳐지지 않으려고 안간힘을 썼다. 하지만 따라가기엔 역부족이었다. 진창이나 구덩이에 발이 빠지고 넘어져 바닥에 주저앉아 발버둥 쳐도 도와주는 이는 거의 없었다. 나 역시도 쓰러진 사람에게 손을 내밀지 않고 여기까지 왔으니 도리가 없다. 그렇게 이해하려 해도 옆을 지나쳐 가는 이들에 대한 원망과 분노가 거세게 일었다. 그 분노가 이대로 죽는 편이 낫겠다는 생각을 지워버리고 오히려 다시 일어서는 힘이 됐다.

얼마나 그렇게 걸었을까. 정신을 차려보니 하체가 진흙에 파묻힌 채 바위에 기대 앉아 있었다. 어느새 잠이 들었던 모양이다. 아무렇게나 뻗은 오른 다리가 저려 무릎부터 아래까지는 감각이 없었다. 다시 일어나 걸을 기력도 없고 될 대로 되라지 하는 소리가 저절로 새어 나왔다. 멀리서 쉴 새 없이 조명탄이 터지고 포격과 기관총, 소총 소리가 간헐적으로 들려온다. 어딘가에서 야습을 시도하고 있는 것 같았다. 아직도 포기하지 않은 건가, 대단한 놈들이군 싶었지만 거기에 응수해 스스로를 북돋울 기운도 체력도 이미 남아 있지 않았다.

함포탄이 날아와 단숨에 편안하게 해주었으면 하는 생각이 스친다. 한 걸음도 더 걷고 싶지 않았다. 할 만큼 했다는 말을 변명처럼 간신히 중얼거린다. 동시에 이렇게 죽어가는 건가…… 하고 생각해본다. 고독감에 사로잡혀 죽음에 대한 공포나 삶에 대한 미련이 깊어져 간다. 하지만 너무 피곤했다. 이대로 진흙에 파묻혀 버리고 싶다는 생각이 뿌리를 내리고 몸이 땅에 묶인다. 바위에 머리를 기대어 눈을 감는다. 의식이 희미해지고 모든 것을 포기하려는 찰나, 가냘픈 여자의 목소리가 고막을 자극했다.

죽여 줘…….

그렇게 들렸다. 남의 일에 신경 쓰지 말자. 반사적으로 거부감이 들었다. 몇 초 사이를 두고 다시 그 목소리가 들렸다.

죽여 줘……. 여자의 목소리는 금방이라도 사라질 것만 같았다. 하지만 무시할 수 없을 정도의 강한 의지가 전해졌다. 머리를 일으켜 눈을 뜨고 주위를 둘러보니 조명탄 불빛 아래 사오 미터쯤 떨어진 풀숲에 젊은 여자가 벌렁 드러누워 있는 게 눈에 들어왔다. 기모노 앞섶은 풀어 헤쳐져 있었고 포탄 파편에 베인 듯한 배에서는 내장이 흘러나오고 있었다. 여자는 반들빈들 빛나는 자신의 내장을 두 손으로 끌어안고 고개를 들어서는 힘없는 눈으로 나를 바라보고 있었다. 얇은 입술이 움직였다.

죽여 줘…….

가냘픈 목소리인데도 날카롭게 가슴을 파고든다. 나는 여자 쪽으로 기어가 왼손으로 몸을 받치고 여자의 온몸을 둘러보았다. 배뿐만 아니라 오른쪽 정강이도 부서져 살갗과 힘줄만 겨우 이어져 있는 것 같았다. 직접 했는지, 누가 도와줬는지 허리띠로 무릎 위를 묶었지만 발목 근처에 상당한 양의 피가 고여 있었다. 살지 못할 게 분명했다. 여자도 더 이상 고통스럽고 싶지 않은 것이다. 그런 생각을 하면서 여자의 얼굴 옆으로 다가갔다.

죽여 달라고?

멀리서 끊임없이 솟아오르는 조명탄 불빛이 나를 바라보는 여자의 눈에 반사된다. 곧 고개를 끄덕이는가 싶더니 여자는 오른손을 가슴 앞에 올리고 검지를 세워 오른쪽으로 쓰러뜨렸다. 누르고 있던 내장이 옆구리 쪽으로 흘러내린다. 그것을 옆눈으로 흘깃 보면서 풀 위에 뻗어 있는 여자의 흰 팔과 손가락 끝으로 시선을 돌렸다.

죽여 줘…….

여자는 방금보다 더 힘찬 목소리로 말하며 천천히 시선을 손가락이 가리키는 쪽으로 보냈다. 3미터쯤 떨어진 풀숲에 작은 사람 그림자가 보인다. 양 팔꿈치를 바닥에 대고 기어서 다가가 보니 한 살쯤 돼 보이는 아기가 엄마와 똑같은 자세로 누워 있었다. 옷의 앞섶은 풀어 헤쳐져 있고 동그란 배가 조명탄에 비쳐 매끄러워 보인다. 사내아이였다. 얇은 피부 아래의 갈비뼈가 비쳐 보이고 가슴은 간신히 위아래로 움직이고 있다. 외상은 보이지 않지만 눈을 감은 얼굴은 이미 죽은 것처럼 보인다. 하지만 비에 젖은 풀 속에서 아기는 여전히 숨을 쉬고 있었다.

죽여 줘…….

여자는 헛소리처럼 같은 말을 되풀이했다. 여자도 아이도 머지않았다. 숨이 끊기는 데 앞으로 한 시간도 채 걸리지 않을 것이다. 그런데도 어머니는 아이보다 먼저 죽을 수 없다고 생각해 함께 죽여 달라고 부탁한다. 여자의 말과 표정을 나는 그렇게 해석했다.

죽여도 돼?

여자는 고개를 끄덕였다. 그런 것처럼 보였다. 오른발을 뻗고 앉아서는 허리춤의 우엉검*을 뽑아 칼끝이 뒤를 향하도록 잡고서 아기의 가슴 위를 겨누어보았다. 젖은 머리칼이 이마에 달라붙은 아기 얼굴이 조명탄 불빛에 비친다. 그리고 긴 속눈썹이 만드는 그림자. 조용히 자고 있는 듯한 표정은 이미 이 세상 사람이 아닌 것처럼 아름다웠다.

죽인다.

여자와 나 자신에게 말하고서 움켜쥔 칼에 몸을 얹어 체중을 실었다. 뼈가 부러지고 칼끝이 등을 뚫고 땅에 박히는 감촉이 손바닥에 전해진다. 그 순간, 아기의 눈이 휘둥그레졌다. 유난히 밝은 조명탄 빛이 둥근 눈동자에 반사된다. 똑바로 쳐다보는 눈빛에 나도 모르게 칼을 놓고 뒤로 나자빠졌다.

백 미터쯤 떨어진 곳에서 총성이 연달아 울린다. 숨을 몰아쉬며, 가느다란 금속 칼 때문에 바닥에 완전히 들러붙어버린 작은 몸을 바라보았다. 아기의 눈빛이 천천히 흐릿해지면서 몸이 어둠에 잠기려는 순간, 이내 조명탄이 다시 터진다. 몸을 일으켜본다. 아기의 얼굴을 보지 않으려 시선을 돌

---

● 1897년 일본 육군에서 채용한 총검으로 길이가 40센티미터에 달해 적의 복부를 자르는 데 유용했다.

린 채 손바닥으로 눈꺼풀을 감겨주고 칼을 단숨에 뽑았다. 상처에서 솟구친 피가 갈비뼈를 따라 가슴 좌우로 흘러내리며 풀을 적신다. 두어 번 흔든 칼을 아기 옷으로 닦아 칼집에 넣었다.

죽여 버렸어.

여자는 희미하게 고개를 끄덕이는 것처럼 보였다. 반쯤 뜬 눈은 빛을 잃어가고 있다. 몸을 비스듬히 하여 왼쪽 팔꿈치와 왼쪽 다리를 이용해 여자 옆으로 다가갔다. 코끝에 손가락등을 대자 아직 숨이 남아 있는 듯했지만 당장 죽일 엄두가 나지 않았다. 조명탄 불빛이 꺼지자 엄마와 아이의 모습이 어둠 속으로 사라진다. 다음 빛이 오기 전에 바위 쪽으로 이동했다. 더듬더듬 나뭇가지로 만든 지팡이를 찾아 바위에 몸을 기대며 일어섰다. 그러고는 오른발을 질질 끌며 그 자리를 떠났다.


그 뒤 오른쪽 무릎의 상처가 곪아 고열에 시달렸고, 의식을 잃고 동굴에 누워 있다 미군에게 발각돼 수용소 생활을 하게 됐다. 전쟁이 끝난 후에는 살기 위해 필사적으로 전쟁 중의 일은 떠올리지 않으려 했다.

내가 한 일이 갑자기 무섭게 느껴진 것은 첫째가 돌을 맞았을 때였다. 서른 살에 결혼해 6년 만에 태어난 녀석이 바로 가즈아키였다. 나나 아내가 기뻐한 것은 물론이지만 양가 부모님은 특히 기뻐했다. 돌잔치 때는 옆 동네 사진사까지 불러 기념사진을 찍을 정도였다. 어느 날 아내가 부엌 정리를 해야 한다며 안고 있던 아이를 내게 맡긴 적이 있었다. 곤히 자고 있는 가즈아키를 깨우지 않으려고 천천히 몸을 좌우로 흔들어주고 있는데 갑자기 방이 캄캄해졌다.

당시 마을에서 전기를 쓰는 집은 얼마 되지 않았다. 아버지가 근처의 제당 공장 사장과 친구였기 때문에 우리는 전기를 쓸 수 있었다. 다만 배선에 문제가 있었는지 자주 정전이 되고는 했다. 촛불을 들고 아내가 부엌에서 나와, 금방 전기가 들어올 거야 하고 말하며 어머니 방에 먼저 가 있으라고 했다. 전기는 몇 분 만에 들어왔다. 나무 기둥에 매달린 전구에 불이 다시 들어왔을 때, 자고 있던 큰아들이 눈을 번쩍 뜨고 나를 쳐다보았다.

그때였다, 기억이 되살아난 건. 젖은 풀숲과 다 타버린 나무와 진흙 냄새. 멀리서 천천히 떨어지는 조명탄. 그 빛이 휘둥그레 뜬 아기의 눈에 반사된다. 연약한 뼈를 부러뜨리고 등을 뚫고 나온 칼. 방금 찌른 듯한 생생한 감촉에 식은땀이 흐른다. 안고 있던 가즈아키를 돗자리 위에 내려두고 두 손 바닥을 보았다. 피 따위가 묻어 있을 리 없는데 손바닥과 손 가락을 비비고 말았다. 가즈아키의 울음이 심해진다. 아내 가 황급히 부엌에서 나온다. 무슨 일이에요? 아내의 질문에 곧장 대답할 수가 없었다. 뒷방에 있던 부모님도 나오시는 바람에 기저귀를 갈아야 하나 하고 웃으며 마당으로 내려가 변소로 향했다.

볼일을 보고 비누로 손을 씻었다. 마음을 가라앉히지 못 한 채 방으로 들어가 가즈아키를 달래는 아내와 어머니에게 서 등을 돌리고 식탁에 놓인 위스키에 손을 뻗었다. 물을 타 서 연거푸 세 잔을 들이켰다. 아내와 부모님이 놀란 눈으로 쳐다본다. 땀은 더 이상 나지 않았지만 조명탄 불빛에 비친 아기의 얼굴은 눈가에서 떠나지 않았다. 취기가 돌자 겨우 나를 바라보던 그 눈빛에서 벗어날 수 있었다.

이후 가즈아키가 서너 살이 돼 생김새와 몸매가 바뀔 때 까지 아이를 가슴에 안을 때마다 나를 쳐다보는 그 얼굴이 조명탄에 비친 아기의 얼굴과 겹쳐 보였다. 이건 차남 히로아 키나 장녀 사토미를 안을 때도 마찬가지였다. 생각하지 않으려고 애를 써도 웃고 우는 아이들의 얼굴 너머로 창백한 그 얼굴이 떠올랐고 감았던 눈을 부릅뜨고 이쪽을 쳐다보는 것 같았다. 그때마다 일어나는 마음의 동요를 아이들도 민감하게 느꼈는지 내가 안기만 하면 심하게 울어대기 시작했다. 아내나 부모님도 내 모습에서 뭔가를 느끼는 것 같았다.

아이를 안는 게 싫은 거야?

아내가 딱딱한 말투로 묻기도 했다.

그럴 리가.

황급히 부인하고 나서, 불만스러운 표정의 아내에게 떨어트릴 것 같아 겁이 나서…… 하고 변명했다.

아이들이 자라면서 가슴에 품을 기회도 없어지고 자연히 눈을 크게 뜨고 쳐다보던 아기의 기억도 희미해졌다. 오십 대에서 육십 대 사이에는 건설업 일용직으로 일하면서 사탕수수 농사도 지었기 때문에 일에 쫓겨 그 일을 떠올릴 새도 없이 세월이 흘렀다. 그런데 그 아기 얼굴이 꿈에 보이기 시작한 건 칠십 대 중반이 돼서부터였다.

어둠 속을 걷다 보면 어디선가 아기 울음소리가 들린다. 소리가 들리는 쪽으로 더듬더듬 찾아가면 멀리서 창백한 빛이 떠오르고 천천히 빛줄기가 떨어진다. 어스름한 불빛 속으로 풀숲에 누워 있는 아기의 그림자가 보인다. 울음소리는 그쳤지만 아기의 손발은 움직이고 있다. 다가가 안아 올리는 순간 머리 위의 강한 빛이 아기의 얼굴을 비춘다. 크게 뜬 눈이 나를 향하고 있다. 생기 잃은 눈동자는 공허 그 자체이다. 마치 의안처럼 보인다. 놀라움과 섬뜩함에 아기를 내던지자 풀숲에 벌렁 드러누운 아기는 꼼짝도 하지 않고, 어느새 내 오른손에는 피에 젖은 칼이 쥐어져 있다. 아기의 가슴에 뚫린 구멍에서 피가 뿜어져 나오고 동시에 무릎에 극심한 통증이 몰려온다. 그 순간 잠에서 깬다.

이불을 털고 일어난 나를 옆에서 자고 있던 아내가 놀라서 바라본다. 땀에 젖어 축축해진 잠옷을 갈아입지 않을 수 없다. 그런 밤이 일 년에 두세 번은 있었고, 아내를 잃고 여든 살을 넘긴 뒤부터는 해마다 횟수가 늘어갔다. 그리고 낮에도 내 손으로 죽였던 아기의 기억이 되살아나면서 내가 한 행동의 의미를 생각하지 않을 수 없게 됐다.

68년이 지났는데도 여자의 얼굴이나 아기의 얼굴은 아직도 또렷이 떠오른다. 나이가 들면서 조명탄 불빛에 비친 두 사람의 표정이 더욱 선명해지는 느낌마저 든다. 동시에 한 가지 의문도 생겨나 뇌리를 떠나지 않았다.

그때 나는 그녀의 몸짓을 제대로 이해했던 걸까. 여자는 자신만 죽이기를 바랐을 뿐 아기는 구해주기를 바랐던 게 아닐까. 그렇게 생각하면 여자가 고개를 끄덕인 것처럼 보였던 것도 나의 착각일지 모른다. 나의 독선적인 해석으로 아기를 죽여 버린 건 아닐까. 아니야, 그렇지 않아. 죽음이 임박했음을 깨달은 여자는 자신의 아이와 함께 죽고 싶어서 지나가는 나에게 말을 건 거야. 아이를 버려두고 죽여 달라고 말할 리 없어.

그렇다고 아기에게 손을 댄 게 과연 옳았던 일일까. 부상을 입어 걸을 수 없게 된 병사나 주민을 그냥 지나친 것처럼, 여자의 말을 무시하고 그 자리를 떠날 걸 그랬다. 적어도 아기를 여자의 품에 안겨주었더라면. 아니, 그 상황에서 뭐가 옳았는지 생각해본들 소용없다. 열여덟 살의 내가 받은 교육이라곤 오로지 나라를 위해 목숨을 바치라는 것뿐이었다. 사람의 목숨도 죽음도 지금보다 훨씬 가벼웠다. 오키나와 전투 당시에는 부모가 자식을 죽이고 자식이 부모를 죽이는 일마저 있었다. 그때는 그럴 수밖에 없었다. 그럴 수밖에, 하지만…….

자문과 자책의 소리가 가슴에서 한번 솟구치기 시작하

면 억누를 수 없게 된다. 일에 몰두해서 잊을 수 있는 나이가
아니었다. 사탕수수밭은 모두 팔아버려 기껏해야 마당 풀
깎기나 나무 가지치기 정도밖에 일이 없다. 그마저도 집중하
지 못한다. 환영받지 못할 걸 알면서도 술집에 들어가서는
누구 가릴 것 없이 대화를 시도하다 술에 취해 택시에 태워
돌려보내지는 일이 잦아졌다.

나하의 은행에서 근무하는 둘째 히로아키에게는 술을 너
무 많이 마신다고 여러 번 잔소리를 들었다. 기노완에 살고
있는 사토미는 내 건강을 염려해 자주 전화를 해주었지만
둘 다 본가까지 찾아오는 일은 일 년에 서너 번뿐이다. 일이
나 육아로 바쁠 것이고 불필요한 간섭은 없는 게 나으니 소
원한 게 오히려 고마웠다. 아직 요양 시설에 들어갈 정도도
아니다. 몸도 오른쪽 무릎 말고는 아픈 데가 없다. 그러면서
혼자 살아왔다. 빨래는 가즈아키가 사준 자동 세탁기로 하
면 되고 식사는 인근 슈퍼마켓에서 반찬을 사 와 먹기 때문
에 큰 불편함이 없었다. 이웃 가운데 누군가가 매일 찾아오
니 말동무도 있는 편이고 채소나 생선을 건네받는 일도 많
았다.

주말에 찾아오는 가즈아키는 무슨 부탁이든 들어주는

반면 내 생활에 참견하지 않았다. 혼자가 편하다면 몸이 움직일 때까지 집에서 편히 살면 돼요. 저도 장래에는 그렇게 살고 싶어요. 마당을 손질한 후 샤워를 하고 나온 가즈아키는 식사를 하면서 그렇게 말해주기도 했다.

그런 성격의 가즈아키였기 때문에 전쟁 중에 내가 이동했던 남부 길을 돌아보고 싶다고 부탁할 수 있었다. 68년이나 지났으니 개발로 인해 지형도 바뀌고 시가지 풍경도 많이 변했다. 기억과 일치하는 장소가 거의 없다는 건 알고 있었다. 그 옛날 하에바루 육군병원 방공호에서 나와 어디를 어떻게 걸었는지 스스로도 분명치 않았다. 마부니 인근 해안에 겨우 이르러 주민들이 숨어 있던 동굴 구석에 누웠지만, 상처가 곪고 고열이 나 의식이 몽롱하던 터라 얼마나 그곳에 있었는지도 알 수가 없다. 정신을 차렸을 때는 수용소였고 미군 군의관의 치료를 받고 있었다.

어차피 한가하니까요.

내가 전화로 부탁하자 가즈아키는 떨떠름한 어조로 대답했지만, 도서관에서 빌려온 오키나와 전투 자료와 도로 지도를 들고 이틀 뒤 집으로 찾아와 내 이야기를 들으며 대략적인 길을 정해주었다. 그렇게 해서 일요일 오전 8시에 집을 나섰다. 전쟁 유적지로 정비된 육군병원 방공호는 당장 찾아갈 수 있었지만 그 뒤로 어떤 길을 걸었는지 기억과 일치하는 곳을 찾기란 쉽지 않았다.

내가 찾고 싶은 곳은 단 한 군데였다. 젊은 여자와 아기가 반듯하게 쓰러져 있던 그곳. 어떻게든 그 자리를 찾아 꽃을 놓고 향을 피우고 싶었다. 가즈아키에게는 전우가 죽은 곳이라고 거짓말을 했다. 알 만한 표식이라곤 내가 기대고 있던 바위 정도다. 크기와 모양을 떠올려보지만 표면이 거친 류큐 석회암이었다는 것 외에는 분명치 않았다.

도로변에 그럴듯한 바위를 발견할 때마다 차를 세우고 주위를 살폈다. 멀리서 쏘아 올린 조명탄이 다 타버린 사탕수수밭을 비추고 있었던 것 같다. 간헐적인 사격 소리 너머로 해명海鳴도 들려왔던 듯싶다. 아니, 방공호에서 나와 이만큼 걸을 수는 없었을 것이고, 바다도 아직은 먼 거리에 있었을 거야. 젊은 여자와 아기의 모습은 선명하게 기억나는데 그 주위는 밤의 어둠에 가려 도무지 떠오르지 않는다. 조명탄 불빛에 비친 풍경도 먹이 번진 수묵화 같았다. 색채가 풍부한 눈앞의 풍경과 겹칠 수가 없다.

몇 번이나 차에서 내려 주위 상황을 확인하며 헛수고를

거듭하는 나를 가즈아키는 말없이 따라왔다. 그렇게 오전을 보내고 현도現堵 주변 식당에서 점심을 먹고 혼백의 탑으로 갔다. 가능하다면 엄마와 아기가 쓰러져 있던 자리에 향을 피우고 손도 모으고 싶었지만 결국 그럴듯한 장소를 특정할 수는 없었다. 이미 예상했던 일이기도 한 터라 오전에 그 장소를 찾지 못하면 대신 혼백의 탑에서 기도하자고 가즈아키에게 일러두었다.

오키나와 전투 이후 가장 먼저 만들어진 위령탑인 혼백의 탑은, 6월 23일 오키나와 전투 위령일에 가족의 전사 장소를 확실히 알지 못하는 유족들이 찾아와 손을 모으는 곳이다. 그날은 원형 탑 주위가 꽃과 과일, 음식, 음료 등으로 가득 찬다. 10월인 지금도 탑 정면에 꽃과 과자가 얼마간 올려져 있다. 집 마당에서 잘라 온 흰 국화꽃 다발을 놓고 향에 불을 피우는 동안 가즈아키는 마트에서 사 온 삼겹살과 다시마, 우엉, 김초밥, 떡 등을 종이 접시에 담아 술과 산핑차 캔 뚜껑을 열어 함께 올렸다. 이유도 말하지 않고 사 달라고 부탁한 초콜릿과 야쿠르트는 내 손으로 올렸다.

혼백이라고 새겨진 검소한 비석을 바라보며 무릎 통증을 참고 엉거주춤 손을 모았다. 엄마와 아이의 영혼이 지금은 함께하길 마음속 깊이 빌었다.

검은 화강석에 새겨진 이름들 중에는 ○○의 둘째 아들이라거나 ○○의 셋째 딸이라는 게 있다. 오키나와에서는 지상전으로 인해 호적 장부 대부분이 소실됐다. 일가족이 전멸한 집에서는 아기의 이름을 확인하지 못하는 사례도 적지 않다. 전화 속에서 태어나 얼마 살지 못한 아기도 있었을 것이다. 이름도 모르고, 혹은 이름도 지어지지 않고 죽어간 아이들, 그럼에도 이곳 오키나와 땅에서 태어나 짧은 생을 마감한 그들. 그들이 전쟁에서 희생됐다는 사실을 남기기 위해 아버지나 어머니의 이름 뒤에 연이어 새겨놓았다.

내가 죽인 어린아이의 이름이 이 주춧돌에 새겨져 있지는 않을까. 아니면 이렇게 장남이나 차남이라고만 적혀 있을까. 혹은 엄마와 아기는 죽은 것이 확인되지 않아 비석에조차 이름을 새기지 못한 건 아닐까……. 구와디사의 잎이 바람에 살랑거리고 10월의 햇살이 반짝반짝 닦아놓은 화강암 표면에 반사된다. 흔들리는 빛과 그림자 속에서 하얗게 각인된 이름들을 바라보며 서 있었다.

뒤에서 가즈아키가 말을 건다. 뒤돌아보니 돌아가자고 낮은 목소리로 말한다. 벌써 한 시간 넘게 주춧돌 사이를 걷고 있다고 한다. 고개를 끄덕이며 어깨를 나란히 하여 주차장으로 향했다. 좌우로 늘어선 화강암 줄을 빠져나오는데, 새겨진 이름들이 무수한 목소리로 와글와글 말을 건네는 듯한 느낌이 들었다.

가즈아키나 아이들, 아내 미요나 부모님에게도 내가 어린 아이를 죽였다는 건 털어놓지 않았다. 오키나와 전투 체험을 이야기할 때도 그것만은 입에 담지 못했다. 털어놓으려면 지금밖에 없다. 가즈아키라면 이해해줄까……. 그렇게 생각해보기도 했지만 역시 이야기할 수는 없었다. 말한다 해도 아이들만 괴로울 뿐이다. 마음속으로 중얼거리며, 주위의 웅성거리는 소리로부터 몸을 지키려는 듯이 등을 구부린 채 지팡이를 움켜쥐고 걸음을 옮겼다.

주차장에 다다라 차에 오르자 생각보다 훨씬 피곤했다. 출발한 지 얼마 되지 않아 잠이 들었고, 눈을 떴을 때 차는 고속도로를 달리고 있었다. 왼쪽에 미군 주택이 보였다. 오키나와 시 근처인 모양이다. 꾸벅꾸벅 졸면서 밖을 내다보다가 가즈아키의 목소리에 다시 잠이 깼다.

오스프리.*

가즈아키는 앞을 본 채 다시 한 번 나직이 말했다. 구름 한 점 없는 하늘은 서쪽만 엷게 물들기 시작하고 나머지는 옅은 물 색깔처럼 맑다. 그 안을 오스프리 두 대가 회전날개를 위로 향한 채 헬리 모드로 비행하며 고속도로를 가로질러 간다. 거리가 먼 탓에 오스프리의 폭음은 차량의 주행음에 묻혀버렸지만 익숙한 비행기나 헬리콥터와는 다른 기괴한 모습을 눈으로 좇고 있자니 무력감과 박탈감이 이루 다 말로 표현할 수 없을 정도로 엄습해왔다. 그 기체가 후텐마 기지에 배치될 때 격렬한 반대 운동이 있었던 것은 알고 있었다. 그러나 이제는 얀바루에서 중남부를 오갈 때 고속도로에서 목격하는 건 당연해졌다.

아무것도 변하지 않았어.

가슴속으로 중얼거렸다. 비에 젖은 풀밭에 누워 있던 엄마와 아이의 죽음은 무엇이었을까. 아기에게 손을 댄 나 자신의 고통은 무엇이었을까. 오늘 하루 나 자신의 행동은 무엇이었을까. 그 모든 것을 무의미하게 비웃는 소리가 들린다.

---

● 수직이착륙기. 활주로가 필요 없는 전투기로 사고가 잦아 '미망인 제조기'라는 별명이 붙었다. 2012년 오키나와에 도입될 때 안전 문제뿐만 아니라 '일본의 미국 군사기지화'에 대한 우려로 대규모 반대 시위가 있었다.

검버섯이 생기고 까칠까칠해진 손등을 바라보다 자줏빛으로 변한 손바닥을 본다. 이 손에 힘이 돌아온다면, 그 우엉검을 쥐고 다른 녀석의 가슴을 찔러줄 텐데. 그렇게 생각했다. 앞 유리 가장자리에서 회색 기체가 사라진다. 아무리 생각해도 아무것도 못하는 나 자신이 답답했다.

*나쁜 세상이 되었구나.*

중얼거리는 소리에 가즈아키가 잠깐 사이를 두고 말했다.

더 나빠질 거예요.

한참을 달리는데 미군의 거무스름한 녹색 대형 트럭이 추월해 간다. 가즈아키는 핸들에 손바닥을 내리치는 기세로 여러 차례 경적을 울렸다. 트럭의 조수석에서 젊은 병사가 창문 너머로 중지를 세운다. 백미러로 우리 쪽을 힐끗 보자 가즈아키는 코웃음을 치며 속도를 높였다.

이
슬

대학을 졸업한 뒤, 반년 동안 오키나와 섬 북부의 작은 항구에서 하역 작업 아르바이트를 한 적이 있다. 1986년 봄부터 여름 사이의 일이다. 화물선의 적하물을 내리고, 트럭에 싣기 위해 목판으로 옮기는 게 주된 일이었다. 입항하는 화물선의 크기와 적재량, 종류에 따라 노동자 수가 늘기는 했지만 배가 들어오지 않을 때는 6인 1조로 일하는 게 보통이었다.

항구로 들어오는 물자는 대부분 북부 지역 농가에서 사용하는 비료와 사료였다. 돼지와 소, 닭을 사육하면 냄새가 많이 나기 때문에 사육 시설의 대부분은 북부 산간 지역으로 옮겨 가는 추세다. 항구에는 20킬로그램짜리 자루뿐 아니라 1톤짜리 플렉시블 컨테이너 백에 담긴 사료를 운반하는 트럭도 드나들었다.

함께 일하는 사람 가운데 가장 연장자는 우에하라 씨로

73세였다. 그다음이 68세의 미야기 씨였고, 65세의 야스요시 씨, 55세의 세이유 씨, 32세의 가쓰히로 씨가 뒤를 이었다. 모두 오래된 멤버였다.

8월의 어느 토요일이었다. 입항하는 화물선은 없었고 부두는 미준을 낚는 사람들로 붐볐다. 미준은 몸길이가 10센티미터 정도 되는 바닷물고기로 정어리와 비슷하다. 며칠 전부터 항구에는 사람들 무리가 제법 보였다. 동네 아주머니들도 있었고 여름방학이라 그런지 초중학생들 모습도 눈에 띄었다. 미준은 어린아이도 사비키* 낚시로 쉽게 낚을 수 있고, 잘만 하면 두 시간 만에 양동이를 가득 채울 수 있다.

이미 오전에 선적 예정인 트럭의 80퍼센트가 와 있었다. 3시쯤 항만 사무소의 긴조 씨가 일을 끝내고 술자리를 마련할 테니 누군가 한 사람 정도는 미준을 낚아두라고 했다. 미야기 씨가 가쓰히로 씨에게 사비키 낚시 도구가 있느냐고 묻자 그는 수염이 자란 검은 얼굴을 찡그리며 고개를 끄덕였다.

---

● 비닐이나 얇은 고무, 물고기 껍질 등을 붙여 만든 가짜 미끼 바늘을 말한다. 소형 정어리, 고등어 등을 낚는 데 쓰는 장비다.

4시 반이 넘은 시각, 그날 예정돼 있던 선적 작업이 모두 끝났다. 나머지 시간은 긴조 씨의 지시에 따라 주변을 정리하면서 시간을 때웠다. 5시가 되자마자 사무실로 가서 일당을 받았다. 야스요시 씨와 세이유 씨는 휴게소 건물로 들어가 준비를 시작했다. 때맞춰 가쓰히로 씨가 낚싯대와 양동이를 들고 돌아왔다.

많이 낚았어?

긴조 씨의 물음에 가쓰히로 씨가 누런 이빨을 드러내 보이며 고개를 작게 세 번 끄덕였다. 휴게소 앞에 양동이를 놓자 소형 칼같이 생긴 생선이 저녁 해에 반사되고 있었다. 눈부셨다. 양동이에는 미준이 가득 차 있었고 위쪽 몇 마리는 아직 살짝 뛰어오르거나 꼬리지느러미를 흔들고 있었다. 청록색 등과 검은 눈, 하얀 배를 가진 물고기가 첩첩으로 쌓여 있는 모습은 마치 바다를 도려낸 것처럼 싱싱해 보였다.

가쓰히로 씨가 담배를 꺼내 물며 자랑을 시작하기에 나는 양동이를 휴게실 싱크대 옆으로 옮겼다. 도마와 식칼, 사발 등을 준비하고 기다리던 세이유 씨는 발밑에 놓인 양동이를 보고 많다, 많아 하고 익살스러운 어조로 말했다. 양념장을 만들던 야스요시 씨는 양동이를 들여다보고도 표정의 변화가 없다. 별다른 말도 없이 취사장 안쪽으로 돌아온 그는 양념을 휘저어 만들었다.

*미준 손질해본 적 있나?*

세이유 씨의 질문에 고개를 가로젓자, 손질한 미준을 사발에 담으라고만 했다. 그는 작은 미준의 머리와 꼬리를 자르고 내장을 꺼낸 뒤 등지느러미와 가슴지느러미도 잘라냈다. 둔해 보이는 손마디와는 어울리지 않는 속도로 세이유 씨는 미준을 손질해 나간다. 도마 끝으로 보내진 미준을 처음에는 젓가락으로 옮기다 그냥 손으로 하는 편이 낫다고 하기에 그의 말대로 했다.

세이유 씨는 두 사발 정도의 생선을 15분 만에 장만해서는 잔교로 나가자고 했다. 수북해진 사발을 양손에 들고 잔교로 나갔다. 거기엔 술잔이 준비돼 있었다. 아직 6시 전이라 석양이 뜨거워 모두 창고 그늘에 앉기로 했다. 항만 사무소 경리부장 시마부쿠로 씨가 사준 맥주가 아이스박스에 담겨 있었다. 긴조 씨는 이미 마시고 있었다. 달아오른 콘크리트 위에 사발을 내려놓자, 긴조 씨는 얼마나 기다렸다고, 하며 소리를 내지른다. 오늘은 실컷 먹겠군, 미야기 씨가 눈을 가늘게 뜨고 말했다. 휴게실로 달려가 야스요시 씨가 만든 양념장과 간장, 나무젓가락 등을 가져다 날랐다.

나무젓가락을 놓자마자 사람들의 손이 미준을 향한다. 양념장에 찍어서는 경쟁하듯 먹어댄다. 미준의 잔뼈가 으스러지는 소리가 들린다.

*맛있군. 생명의 묘약이다, 이건.*

미야기 씨가 말하자 가쓰히로 씨가 의기양양하게 고개를 끄덕인다. 긴조 씨는 손가락으로 미준을 집어 입으로 옮기고 우에하라 씨는 종지에 간장을 넣고 생강을 섞어 미준을 찍어 먹는다. 시마부쿠로 씨는 맥주를 마시며 만족스러운 듯이 모두를 바라보고 있다. 누구나 미소를 짓고 있었다.

휴게실에 미준을 더 가지러 가던 차에 양손에 사발을 든 세이유 씨와 마주쳤다. 나머지는 야스요시가 할 테니 너도 마셔, 라고 말했지만 나는 간단히 대답만 하고 휴게실 안으로 들어갔다.

양동이에 3분의 1 정도 남은 미준을 야스요시 씨가 세이유 씨보다 빠른 손놀림으로 처리하고 있었다. 평소 말수가 적은 사람이라 좀처럼 말을 걸 용기가 나지 않았다. 도마 가장자리에 쌓아둔 손질이 끝난 미준을 사발에 담으려 하자, 내가 할 테니 너도 가서 좀 마셔, 하고 권한다. 무서운 말투는 아니었지만 듣지 않을 수 없었다. 해가 지자 모두 잔교 쪽으로 이동해 바다를 보고 앉았다.

젊은 양반은 사양하지 말고 마시게. 맥주도 아와모리도 얼마든지 있어.

긴조 씨가 아이스박스를 가리켰다. 나는 감사합니다, 하고 인사하고서 캔 맥주를 집어 들어 수건으로 물기를 닦은 다음 뚜껑을 땄다. 넘칠 것 같은 거품과 함께 씁쓸한 뒷맛이 목구멍을 타고 내려온다. 맥주는 염천 더위 속에서 일한 내 몸 깊숙이 스며들었다.

*많이 마시라고.*

우에하라 씨가 나무젓가락을 넘겨주었다. 그는 항구 바로 근처에 사는 바다 사나이로 고기잡이를 나가지 않을 때는 항만 작업에 나오곤 했다. 그런데 지금은 일주일의 절반 이상 하역 작업을 하고 있다. 150센티미터도 안 되는 작은 체구지만 두꺼운 가슴이 두드러져 보였다. 어린 시절 이토만의 어부에게 팔려가 학교도 다니지 못하고 바다에서만 살아온 사람의 몸이었다.

두 달쯤 전 하역 중에 파인애플 통조림이 든 골판지 상자가 무너져 바다에 빠진 적이 있었다. 우에하라 씨는 손수 만든 물안경을 집에서 가져와 팬티 한 장만 걸치고 바다로 뛰어들었다. 항구 수심은 10미터 정도지만 몇 번이나 바닥까지 잠수해 통조림을 주워 올렸다. 그저 몸집이 작은 노인이라고만 생각했던 우에하라 씨의 실력에 모두가 감탄했다. 그럼에도 우에하라 씨는 끝까지 겸손했다. 그는 자신이 받은 파인애플 통조림도 모두에게 나눠주었다.

우에하라 씨는 맥주에는 눈길도 주지 않고 아와모리만 마셨다. 플라스틱 컵에 얼음을 넣고 아와모리와 물을 섞어 마셨다. 예전에 술에 취한 우에하라 씨에게 전쟁 이야기를 들은 적이 있다. 관동군의 치중병輜重兵으로 만주에서 패전을 맞이했고 소련군의 포로가 돼 시베리아 수용소에서 6년을 보냈다고 한다. 소련군의 감시 아래 장거리를 도보로 이동하고 평야에서 밤을 보낼 때는 추워서 잠을 이루지 못했다고 한다. 일본 말은 형편없었지만 만주 말은 추위와 중노동에도 끄떡없더라며 마치 얼마 전의 일인 양 탄복하며 말하곤 했다.

이 할아버지는 빨갱이니까 진지하게 듣지 마.

옆에 있던 긴조 씨가 장난을 쳐도 상대하지 않았다. 수용소에서 소련 공산당에 세뇌당해, 오키나와로 돌아와서도 본토 복귀 전에는 인민당을, 복귀 후에는 공산당을 지지했는데, 이 때문인지 같은 마을 사람에다 집도 가까운 긴조 씨는 우에하라 씨를 싫어했다. 원래 사람들과 어울리는 일이 서툰 것 같은 우에하라 씨는 작업 중에도 묵묵히 짐만 날랐다. 하지만 공손하고 성실한 일솜씨는 모두로부터 신뢰를 받았다.

우에하라 씨 옆에 앉아 있는 미야기 씨도 종군 경험이 있다고 한다. 그는 아와모리 말고는 위스키밖에 마시지 않았다. 젊었을 때는 가다랑어잡이 배를 타고 필리핀과 팔라우까지 가기도 했고 목조 범선 사바니를 타고서 근해 고기잡이도 했지만 최근에는 배를 아들에게 맡기고 오로지 항만 작업에만 나오고 있다.

구마모토에서 초년병 교육을 받을 무렵, 한 상관이 이름을 묻기에 미야기입니다, 라고 대답했더니, 재차 어떤 한자를 쓰냐고 따지기에 궁전 할 때의 '宮'과 성곽 할 때의 '城'입니다라고 대답했다고 한다. 그랬더니 이 자식 건방지게 미야기라는 성을 입에 올리다니 하고 화를 내며 거침없이 뺨을 갈기더라나. 그 이후로는 야마톤추®를 극혐하게 됐다고 술 마실 때마다 말했다. 벌겋게 충혈된 눈을 부라리며 아직도 분을 삭이지 못한 듯, 지금도 화가 나 견딜 수가 없네, 하고 내뱉듯이 말하고는 혀를 찼다.

뭐야, 넌 미준 대신 또 고등어 통조림이냐?

미야기 씨가 맞은편에 앉아 있는 세이유 씨에게 말했다. 세이유 씨는 이미 맥주 두 캔을 비운 상태였고 언제 가져왔는지 고등어 통조림을 깡통 따개로 따는 중이었다. 세이유 씨는 플라스틱 컵에 아와모리를 따르고 거기에 고등어 통조림 국물을 섞었다. 처음 봤을 때는 이상한 조합이라 비위가 상했지만 콜라나 우유, 오로나민C, 커피 등 여러 가지를 섞어보았는데 이 조합이 가장 잘 어울렸다며 세이유 씨는 탁한 아와모리를 히죽대며 마셨다.

세이유 씨는 키가 160센티미터 정도였지만 어깨가 넓고 팔뚝도 굵었다. 눈동자 색이 엷은 그는 마치 외국인 같았는데 사이판에서 태어나 전쟁으로 가족을 잃고 천애 고아로 살아왔다고 한다. 젊은 시절 미군 현금 수송차를 습격해 총격전을 벌인 적도 있지만 다행히 도주에 성공해 무사했다고

---

● 오키나와 사람들이 일본 본토인을 가리키는 말이다. 한편 '우치난추'는 오키나와 주민들이 본토인과 자신들을 구별해 스스로를 가리키는 말이다.

한다. 물론 돈을 훔치는 건 성공하지 못했지만 말이다. 이런 말을 하면서 웃어 보이는 그는 취하면 갑자기 유리잔 가장자리를 깨무는 버릇이 있을 정도로 튼튼한 이를 가지고 있었다. 때문에 그는 병따개가 따로 필요 없었다.

휴게실에 있을 야스요시 씨가 마음에 걸려 가보니 이미 손질한 미준을 사발 세 그릇에 나눠 담아놓았다. 도마와 칼도 씻어서 치워놓았다. 지느러미와 내장도 양동이에 쓸어 넣어둔 그는 담배를 피우고 있었다. 비닐봉지에 얼마간의 내장을 따로 모아둔 걸 보니 집에서 키우는 고양이에게 줄 요량인 것 같다. 야스요시 씨의 집은 항구에서 길을 따라 걸어서 20미터 정도 가면 나오는 오래된 작은 집이다. 손질이 잘 되어 있는 이 집의 마당에는 시콰사 나무가 있고, 기기치 나무나 맛코 나무 같은 정원수가 가지런히 심겨 있었다. 또 백일초와 봉선화, 글라디올러스 등 무슨 꽃이든 항상 꽃송이가 피어 있었다. 처마 밑이나 마당에는 대여섯 마리의 고양이가 앉아 있거나 누워 있었다. 항구에 버려진 길고양이를 데려온 것이라고 한다.

다들 잔교로 나가 마시고 있어요.

내가 말을 걸자 야스요시 씨는 담배 연기를 내뿜으며 곧

갈 거야라고 답한다. 담배를 필터가 있는 데까지 피운다. 손
가락을 태울 정도로 붉은 불꽃이 가까워지고 있었고 왼쪽
볼의 화상 자국은 전등 빛에 그림자를 드리우고 있었다. 오
키나와 전투 때 오로쿠 동굴에 숨어 있다 미군의 화염방사
기에 화상을 입은 거라고 긴조 씨로부터 듣긴 했지만 본인에
게 직접 확인한 적은 없다. 그는 사발을 가져가라는 눈짓을
보냈다. 나는 양손으로 사발 세 개를 조심스럽게 들고 잔교
로 나갔다.

몇 분 뒤 야스요시 씨도 술자리에 가세했다. 이미 미준은
거의 바닥을 드러내고 있었고 가쓰히로 씨가 풍로에 소라를
굽고 있었다. 어제저녁 잠수해서 잡았다는 소라는 그물에
아직 수십 개나 들어 있었다. 세이유 씨가 주전자에 버터와
간장, 아와모리를 넣어 또 다른 풍로 위에 올렸다. 구수한 냄
새가 바닷바람에 실려 온다. 주전자를 흔들어 녹은 버터와
간장을 섞은 다음 세이유 씨는 다 익은 소라 입에 버터를 부
어 넣었다. 흘러넘친 소스가 풍로 주위로 치익 하는 소리와
함께 연기를 피운다. 군침을 삼키지 않을 수 없었다. 추가로
가져온 미준을 먹으면서도 모두의 눈은 소라 쪽을 향하고
있었다.

저녁 무렵의 바다는 오렌지빛과 복숭앗빛, 보랏빛으로
물들어 구름을 비춘다. 물고기가 뛰어오르면 파문이 일면
서 부드러운 빛깔의 하늘을 흔든다. 공민관의 스피커에서는
아이들의 귀가를 재촉하는 방송과 익숙한 멜로디의 노래가
흘러나와 시간을 느슨하게 만든다.

자자, 익었으니 바로 먹게.

미야기 씨가 큰 소라 하나를 접시에 놓아주었다. 고맙다
고 말하며 곧장 국물을 마시려다 너무 뜨거워 혀와 입술을
데고 말았다. 몸서리를 치자 모두가 웃었다.

급하긴.

가쓰히로 씨가 말한다. *봐봐, 아직 많이 있잖아* 하고 그물
을 가리킨다. 버터와 간장 맛이 배어 있는 소라를 먹고 마시
는 맥주는 최고였다. 한동안 모두 말없이 미준과 소라를 먹
고 맥주와 아와모리를 마셨다. 해는 숲 너머로 떨어져 하늘
에 별이 보이기 시작했다. 이 항구는 류큐의 오랜 역사에도
등장하는 천연의 양항良港이다. 바다 건너의 섬들이 북쪽에
서 불어오는 바람과 파도를 막아주기 때문에 태풍이 불 때
는 항구와 이어진 내해로 많은 배가 피난해 오기도 한다.

조상이 남겨주신 보물 창고.

우에하라 씨는 바다를 옛날부터 그렇게 말해왔다고 가르쳐주었다. 긴조 씨와 세이유 씨, 미야기 씨 등이 일 이야기를 목청껏 떠드는 것을 멍하니 들으며 끈적끈적한 바다를 바라보았다. 바람이 없어 땀이 하염없이 흘렀지만 차가운 맥주로 목을 축이고 있다 보니 이런 생활도 괜찮겠다는 생각이 들었다. 그러나 항구 아르바이트는 반년간으로 기간을 정해두었다. 이 일이 끝나면 나하로 나가 일자리를 구할 예정이다. 아무리 좋아본들 결국은 임시로 일할 수 있을 뿐, 마을에서 이런 생활을 이어갈 수 있는 우에하라 씨나 미야기 씨, 야스요시 씨와는 입장이 달랐다.

세이유 씨는 본토로 돈 벌러 갈지도 모른다고 말했다. 가쓰히로 씨도 곧 선박 회사에 재취업할 생각이라고 한다. 이렇게 여섯 명이서 일하는 것도 앞으로 두 달 정도밖에 남지 않은 건가……. 조금 쓸쓸해지려는 찰나, 이런 감상을 깨트리듯이 누군가 뒤에서 어깨를 두드린다.

개를 어떻게 죽이는지 알아?

긴조 씨가 술에 달아올라 검붉게 변한 얼굴을 가까이 들이대고 묻는다. 땀으로 젖은 작업복에서는 쉰 냄새가 풍긴다. 대답을 찾고 있는데 긴조 씨는 몽둥이를 휘두르는 몸짓을 해 보이며 큰 소리로 말했다.

개는 말이야, 막대기로 머리를 때려도 좀처럼 죽지 않아. 이놈의 코를, 코를 힘껏 후려갈겨야 한 방에 끝이 나지.

그러면서 다시 한 번 몽둥이를 휘두르는 몸짓을 했다. 이어 풍로에 얹힌 알루미늄 냄비를 가리키며 말했다.

개고기, 먹어볼래?

대답도 하기 전에 세이유 씨가 덮밥을 가져왔다. 맛이 좋네. 어서 먹어봐, 하고 내민다. 고개를 꾸뻑하며 인사하고 받아 들자, 국물 안의 다시마와 동과 열매 사이로 붉은 고기가 보인다. 개고기를 먹어본 적은 없지만 염소 고기와 비슷해 처음 먹는 사람은 구분조차 할 수 없다는 것 정도는 알고 있었다.

초등학생 때 집에서 키우던 개를 아버지가 이웃 마을의 염소 요리점에 판 적이 있다. 곤고金剛라고 이름만 훌륭한 잡종 중형견이었다. 곤고는 자신의 운명을 깨달았는지 음식점 주인이 데려가려 하자 다리를 내뻗고 필사적으로 저항했다. 내가 팔지 말라고 울고불고해도 소용없었다. 곤고를 팔아버린 뒤 아버지는 아주 냉담해진 얼굴로 곧장 개집을 정리하고서 하염없이 슬퍼하는 나에게 꿀밤을 때렸다. 아버지가 동물을 좋아하는 줄 알았는데 그게 아니었던 모양이다.

개 국물이라고 내준 건 꽤 맛있었다. 다들 미준이랑 소라를 그렇게 많이 먹었는데도 국물을 연신 마시며 결국 알루미늄 냄비를 비워냈다. 잔교에 걸터앉거나 뒤로 눕거나 하면서 한동안 천천히 마시고 있었다. 가쓰히로 씨가 문득 생각난 듯 물었다.

그러고 보니 긴조 씨, 얼마 전까지 항구에 있던 흰 개, 어떻게 됐지? 요즘 통 보이지 않는군.

간혹 항구에 개나 고양이를 버리러 오는 사람이 있는데, 버려진 녀석들은 들개나 길고양이가 돼 항구 주변을 맴돌곤 했다. 2주가량 전부터 꽤 큰 흰 개가 서성대며 돌아다녔는데, 붙임성이 좋은 이 녀석은 낚시꾼들에게 먹이를 받아먹고, 낮에는 창고 처마 밑에서 누워 지냈다.

세이유 씨가 웃으며 말했다.

이 양반이 얼마나 잔인하냐면, 저번에 매점에서 빵을 사와 제초제에 찍어서는 그걸 그 개에게 먹이지 뭐야. 개가 입에서 거품을 물고 쓰러져 죽은 것 같았는데, 그 뒤로 어떻게 됐는지 모르지.

긴조 씨가 히죽히죽 웃으며 대답했다.

당신들 배 속에 들어갔어.

순간 모두들 서로의 얼굴을 쳐다보았고 야스요시 씨와 가쓰히로 씨는 잔교에서 바다로 얼굴을 내밀고 토해내려 했다. 세이유 씨는 인상을 찌푸리며 고등어 통조림 국물을 탄 아와모리를 들이켰다. 우에하라 씨와 시마부쿠로 씨는 망연자실한 얼굴로 알루미늄 냄비와 덮밥을 한 번씩 쳐다보았고 미야기 씨는 일어나서 *이놈 당장 패 죽여 버릴 거야* 하고 소리 지르며 몽둥이를 찾기 시작했다.

*농담이야 농담. 그 백구는 잘 묻어줬어. 여기에 든 건 다른 개고기야.*

미야기 씨의 분노에 정말로 겁을 먹었는지 긴조 씨가 황급히 설명했지만 모두 반신반의했다.

*정말이야? 거짓말이면 용서 못 해.*

몽둥이를 찾지 못해 깨진 벽돌을 대신 손에 든 미야기 씨가 일어서서 긴조 씨를 노려보았다. 농담이라고 했잖아요, 하고 긴조 씨는 정중한 어조로 변명했다. 미야기 씨는 분노를 가라앉히지 못하고 깨진 벽돌을 바다에 던져 버렸다. 첨벙하는 물소리에 긴조 씨는 목을 움츠리고, 자리에 앉은 미야기 씨의 컵에 아와모리를 따랐다. 모두들 하얗게 질린 듯

한동안 아무 말이 없었다. 분위기를 바꾸고 싶었는지 긴조 씨가 우에하라 씨에게 말을 걸었다.

당신들은 전쟁 중에 중국에서 꽤 재미를 보았다지? 거기 서 여자를 몇 명이나 먹었던 거야?

고개를 숙이고 아와모리를 마시던 우에하라 씨는 대꾸하 지 않았다. 긴조 씨가 다그쳤다.

우리 큰아버지 이야기로는 중국에 있는 동안 죽이고, 강간 하고, 하고 싶은 대로 다 했다던데 당신들도 그랬겠지?

심한 모욕이라고 생각하고 있는데, 우에하라 씨가 작은 목소리지만 분명한 어조로 말했다.

우리 부대에선 그런 일 없었어.

긴조 씨는 믿을 수 없다는 듯 고개를 흔들었다.

글쎄, 진짜일까. 했어도 했다고 말할 수 없겠지. 그런 일이 전쟁 중에 얼마나 많았을까.

우에하라 씨는 고개를 들어 긴조 씨를 노려보았지만 더 이상 말을 잇지 않았다. 아와모리를 컵에 붓고 그대로 마셨 다. 야스요시 씨가 뭔가 하고 싶은 말이 있는 듯했지만 그만 두었다. 입을 연 것은 미야기 씨였다.

물을 못 마셔서 얼마나 많이 죽었는데.

미야기 씨가 갑자기 이야기를 꺼내자 긴조 씨는 기가 죽어버렸다. 눈이 항상 충혈돼 있는 미야기 씨는 긴조 씨를 노려보며 낮지만 분명한 목소리로 계속 이야기를 이어 나갔다.

수십 킬로미터를 계속 행군하다 겨우 작은 마을을 발견했지. 하지만 사람 그림자 하나 찾을 수 없었어. 그야 모두 도망가 버렸으니 그랬겠지. 먹을 것도 얼마 남지 않은 데다 가축도 없고, 물을 마시자니 우물이나 샘물에 독을 뿌렸을까 봐 마시지도 못하고. 정말 이러지도 저러지도 못하겠더라고. 다시 행군을 이어가 봐야 갈증에 몸을 못 가누니 결국 쓰러지고 마는 거야. 쓰러진 동료의 입을 벌리고 허옇게 마른 혀를 끄집어내서는 자기 침을 손가락 끝에 묻혀 동료의 혀에 문질러주기도 했어. 인간은 말이야, 아주 조금이라도 수분이 공급되면 다시 비틀비틀 일어서서 걸을 수 있게 되거든. 하지만 금세 또 쓰러지지. 만약 혀에 침을 문질러도 일어나지 못하면, 애석하지만 끝이라고 봐야 해. 눈을 크게 뜬 채 해를 보고 누워서는 감지도 못하고. 그렇게 되면 버리고 갈 수밖에 없어. 함께 싸움에 나갈 수 없는 동료이니 그냥 버리고 가는 거야. 그중에는 오키나와에서 온 동료도 있었지만 나도 걷는 게 힘들다 보니 도와줄 수가 없더라고. 정말 슬픈 일이야, 정말. 그렇게 걷고 또 걸어 그다음 마을에 도착해도 별 방법이 없어. 속이 타들어가고 화만 솟구칠 뿐이지. 중국인을 보면 안 죽이고는 못 배겨. 남자는 도망치고 남은 건 늙은이에 여자, 아이밖에 없지만 어디 분별할 여유나 있나. 닥치는 대로 죄다 죽여 버리는 거지. 여자를 강간하고 음부에 막대기를 쑤셔 넣어 발로 차 죽이고, 엄마가 보는 앞에서 아이를 베어 죽이고, 다리를 잡고 휘두르다 돌로 머리를 쳐서 죽이는 일도 허다했어. 울고불고하는 사람을 강간하고 집에 불을 질러 산 채로 태워 죽이는 경우도 있었지. 지금 생각해도 완전히 미쳤던 것 같아. 하지만 갈증으로 인한 고통은 정말 차원이 달라. 목이 마르니 단 한 방울이라도 간절한데, 눈앞의 물을 빤히 보고도 그 물에 독이 들었다 생각하면 인간은 누구나 미치광이가 되고 말거든. 자기 나라를 침략하고 자기 마을을 습격했으니 중국인이야 억울하고 분했겠지만, 우리들은 그때 아무것도 냉정하게 생각할 수 없었어. 우리도 많이들 죽었으니까. 전쟁에서 물을 마시지 못해 겪는 괴로움이란, 당하지 않고는 절대 모를 거야. 그래, 이런 상황이었는데 무슨 재미를 봤다는 거야?

미야기 씨가 노려보자 긴조 씨는 시선을 피하며 목에 걸린 수건으로 얼굴을 닦았다. 미야기 씨는 컵에 물을 붓고는 단숨에 들이켰다. 이미 어두워진 항구에 자동으로 조명등이 켜진다. 이 불빛에 의지하며 남아 있는 미준을 먹으려 젓가락을 가져갔다. 모두 한동안 입을 다물고 있었는데, 여느 때와 달리 야스요시 씨가 말문을 열었다.

난 전쟁 중에 오로쿠 동굴에 숨어 있었는데 거기에도 물이 없었어. 밖으로 나가고 싶어도 폭탄이 떨어지니 나갈 수도 없는 노릇이었지. 안에는 철혈근황대 중학생이랑 나랑 둘만 남아 있었는데 그 녀석은 폭탄이 터질 때 거센 바람을 맞고 의식을 잃어버린 상태였어. 어디 다친 곳은 없는 것 같았지만 의식이 없으니 내가 등에 업고서 피신을 시켜준 거지. 아무튼 나도 완전히 지쳐서 움직일 수가 없는 상황이라 이제 이렇게 마지막을 맞이하는 건가 하며 체념하고 있었는데 목이 너무 마른 거야. 죽기 전에 그렇게 물이 마시고 싶어서 견딜 수가 없더라고. 그래서 내가 어떻게 했을 것 같아?

옆에 앉아 있던 나에게 야스요시 씨가 갑자기 질문을 던졌다. 바로 대답을 찾지 못하는 나에게 그는 내 눈을 바라보며 마치 가르치듯 말했다.

동굴 입구 근처에 납작한 바위가 하나 있었거든. 중학생을 끌어내서는 그 바위 위에 뉘였지. 그것도 알몸으로. 새벽에

기온이 내려가면 사람 몸에서 나온 수분이 이슬이 돼 바위 표면에 떨어져. 새벽녘에 보니 그 녀석 몸 주위를 빙 둘러싸듯이 이슬이 빛나고 있는 거야. 그 이슬을 핥아먹고 겨우 살아남았어. 중학생은 죽었지만…….

푸르스름한 빛을 띤 하얀 외등에 야스요시 씨 얼굴의 화상 자국이 비쳐 그림자가 드리워진다. 순간, 동트기 전 희미한 불빛이 비치는 동굴 입구의 납작한 바위 위에 한 중학생이 누워 있고 그의 몸 옆에 엎드려 작게 빛나는 이슬을 핥고 있는 젊은 날의 야스요시 씨의 모습이 눈앞에 떠올랐다. 벌거벗은 중학생의 몸은 싱싱하다. 그것이 자신의 몸이라 생각하니 야스요시 씨의 혀가 옆구리에 닿는 듯한 느낌이 들어 소름이 끼쳤다.

너는 또 미야기 씨에게 지지 않으려고 괜한 이야기를 꾸며대고 있지?

옆에서 긴조 씨가 장난치자, 꾸며낸 이야기가 아냐, 하고 야스요시 씨는 발끈하며 긴조 씨를 흘겨보았다. 그 모습을 본 긴조 씨는 재미있어했다.

사람 몸에서 그 정도로 이슬이 떨어진다고? 중학생을 알몸으로 만들어놓고 넌 다른 걸 핥았지?

세이유 씨와 미야기 씨가 웃음을 터뜨렸다. 야스요시 씨는 뺨의 화상 자국이 일그러질 정도로 표정을 구긴 채 컵에 든 술을 바다에 털어버리고는 자리를 떴다. 뒤를 쫓으려는 내 팔을 긴조 씨가 잡는다. 상대하지 마, 오늘은 더 마셔, 하고 말하며 그가 컵에 넘칠 정도로 아와모리를 따랐다.

그날 밤 해산한 것은 10시경이었다. 2차로 바에 끌려갈 뻔했지만 화장실에 가는 척하며 창고 그늘에 숨어 겨우 자리를 피했다. 집까지는 5킬로미터가 넘었지만 오토바이를 놔두고 별이 빛나는 하늘을 바라보며 걷기로 했다. 항구에서 나와 야스요시 씨 집 앞까지 왔을 때였다. 고양이 울음소리에 걸음을 멈췄다. 시콰사 나무 밑에 쭈그리고 앉은 야스요시 씨는 고양이에게 미준의 내장을 먹이고 있었다.

오늘 고생 많으셨습니다.

이렇게 말하고 지나가려는데 야스요시 씨가 중얼거렸다.

난, 이슬을 핥아먹고 겨우 살아남았다니까.

야스요시 씨는 고개를 숙인 채 여러 마리의 고양이를 쓰다듬고 있었다. 잠자코 고개를 끄덕이는 것밖에 달리 할 수 있는 게 없었다. 집을 향해 50미터쯤 걸어가다 뒤를 돌아보니 야스요시 씨의 모습은 보이지 않고 고양이 한 마리가 길

거리로 나와 이쪽을 바라보고 있었다.

　새로운 한 주가 시작됐어도 항구에서는 같은 일이 반복됐다. 그러다가 9월 말이 됐다. 나는 아르바이트를 그만두고 나하로 갔다. 그 이후로 항구에서 같이 일했던 사람들과 마주치는 일은 없었다.

　야스요시 씨가 세상을 떠난 것을 알게 된 건 6년이 지난 어느 겨울이었다. 섣달그믐날 본가에 돌아와 텔레비전을 보며 저녁을 먹고 있는데, 어머니가 한 달 전쯤 야스요시 씨가 돌아가셨다고 전해주었다. 집에 쓰러져 있는 것을 이웃이 발견해 구급차를 불렀지만 이미 숨이 끊어진 뒤였다고 한다.

　기온이 뚝 떨어진 어느 아침에 식사를 하다 심근 경색을 일으킨 것 같았다. 반쯤 벌어진 입 안에는 마른 밥알이 남아 있었다고 하는 걸 보니 말이다.

　혼자 그런 상태로 있었던가 봐. 마지막에 물 한 모금 주는 사람 없었다니…….

　어머니가 중얼거렸다. 별 대답 없이 식사를 계속했지만 텔레비전 화면을 바라보고 있어도 눈앞에 어른거리는 것은 동굴 입구 바위에 들러붙어 벌거벗은 시체 주위에 떨어진 이슬을 핥고 있는 야스요시 씨의 모습이었다.

난, 이슬을 핥아먹고 겨우 살아남았다니까.

야스요시 씨의 목소리가 들린다. 고양이 몇 마리가 야스요시 씨의 몸을 핥으며 깨우려는 모습이 눈에 보이는 것 같다. 젓가락을 내려놓고 천천히 컵의 물을 마셨다.

신 神
뱀
장
어

틀림없이 그 남자야.

술집 카운터 자리에 앉은 아사토 후미야스는 아와모리를 입에 머금고서 마음속으로 되뇌었다. 마지막으로 그의 모습을 본 지 40년이 넘었다. 남자는 일흔에 가까운 노인이 돼 있었다. 짧게 깎은 머리는 거의 백발이 되었고, 햇볕에 그을린 맨 살갗이 드러나 보였다. 하지만 갸름한 볼에 세로로 난 상처와 날카로울 정도로 가는 눈매, 장신의 다부진 체격은 여전했다.

후미야스와 남자는 회사원 두 명을 사이에 두고 카운터 자리에 앉아 있었다. 카운터에 여섯 명 정도가 앉을 수 있고, 테이블 석은 세 개뿐인 작은 가게에서 남자는 한 시간쯤 전에 들어와 회와 차가운 두부를 안주 삼아 맥주 한 병과 사케 2홉을 마시고 돌아갔다. 단골손님 같았지만 후미야스가 가게에 드나들기 시작한 지난 2주간은 마주친 적이 없었다.

4월에 오키나와에서 이곳으로 돈 벌러 와, 공장에서 자동차 조립을 하던 후미야스는 회사가 빌려준 아파트 근처에서나 술을 마시곤 했다. 두 역 정도 떨어진 이 가게에 오기 시작한 건 9월에 들어서였다. 역 앞 파친코 가게에 들렀다 돌아가는 길에 우연히 아와모리와 간단한 오키나와 요리가 있는 가게를 발견하고서 혼자 조용히 마시기 위해 일주일에 두 번 정도 들르곤 했던 것이다.

쉰 살 전후의 부부가 하는 이 가게는 역이 바로 근처에 있기 때문인지 꽤나 번창했다. 가게 주인은 젊은 시절 오키나와의 외딴섬에 다이빙하러 다녔다며 같은 세대인 후미야스에게 싹싹하게 말을 걸곤 했다. 가게가 붐비기 시작하면 후미야스는 카운터 구석 자리에 앉아 텔레비전을 보며 잠자코 혼자 술을 마셨다. 생맥주 두 잔 정도에, 만약 다음 날 일이 있으면 아와모리를 1홉, 없으면 2홉을 마시고 돌아가는 게 보통이었다.

그날도 고야 찬푸루와 시마락교를 안주 삼아 마시고 있었다. 두 잔째 맥주를 다 마시고 아와모리로 바꾸려던 참에 그 남자가 가게로 들어왔지만 그는 전혀 신경 쓰지 않았다. 중간에 앉은 회사원 두 명은 일에 대해 열심히 이야기를 나누고 있었다. 카운터 석에 앉은 남자에게 여주인은 물수건을 내주며 오랜만에 오셨네요, 아카자키 씨 하고 말을 건넸다.

귀에서 목덜미 뒤로 차갑고 날카로운 것이 스치는 듯했다. 후미야스는 몸을 뒤로 젖혀 남자 쪽을 쳐다보았다. 물수건으로 얼굴을 닦고 여주인에게 웃음을 건네는 남자의 볼에 세로로 깊이 파인 상처가 그림자를 드리우고 있었다. 틀림없어, 바로 그놈이야. 후미야스는 직감했다. 나이가 들긴 했지만 볼에 상처가 있는 옆얼굴은 잊은 적이 없었다.

남자와 여주인 사이에 오가는 대화를 신경 쓰다 보니 안주도 술도 맛이 느껴지지 않았다. 아카자키라 불리는 이 남자는 컨디션이 나빠 지난 한 달은 대개 집에서 쉬었다고 말했다. 이번 주에 들어서야 아이들에게 다시 검도를 가르치기 시작했고 오늘부터는 술도 마시게 됐다며 소리 높여 웃었다. 손님 중에도 아는 사람이 많은 듯, 텔레비전에서 중계하는 야구 이야기에 끼어들거나 반상회 행사에 관한 잡담도 거들고 있었다. 주변 사람들은 그를 신뢰하고 있는 것 같았다.

대화 중에 아카자키 씨는 검도의 달인이니까…… 하는 소리가 귀에 들어왔다. 달빛 아래에 일본도를 손에 쥔 아카자키의 모습이 눈앞에 떠올랐다. 칼집에서 뽑은 칼날에 창백한 달빛이 반사된다. 모래사장에 무릎을 꿇은 남자의 그림자가 앞으로 무너져 내린다. 아와모리 잔을 든 손이 떨려 후미야스는 잔을 내려놓고 옆을 바라보았다. 술로 얼굴이 불콰해진 아카자키는 호쾌한 모습으로 아이들을 지도할 때를 즐겁게 묘사하고 있었다.

아카자키가 가게를 나설 때 후미야스는 아와모리를 2홉째 마시고 있었다. 뒤를 쫓을까 망설였지만 자리에서 일어날 용기가 나지 않았다. 얼마간 시간이 지났다. 10시가 되기 전에 아와모리를 다 마신 후미야스는 가게에서 나왔다. 원래 술이 센 편이기도 했지만 오늘은 더 멀쩡한 정신으로 전철을 타고 아파트로 돌아왔다. 그사이 그는 계속 아카자키를 생각했다.

아파트는 부엌, 욕실, 화장실 외에 방이 두 칸 있었고, 타지에서 일하러 온 사람 두 명당 방 하나씩 배정돼 있었다. 같은 방을 쓰는 이는 홋카이도에서 온 서른 살 전후의 남자였다. 과묵하고 방에 틀어박혀 지내는 경우가 많아 인사를 건네는 것 외에 달리 말을 나눌 일은 없었다. 샤워를 하고 잠자리에 들어도 아카자키가 머릿속에서 떠나지 않았다. 잠 못 이루는 머릿속에서는 40여 년 전 마을에서 있었던 일이 되살아났다.

    1944년 여름이었다. 마을에 우군 부대가 들어왔다. 마을에 있는 국민학교 세 곳의 교사가 모두 각 부대의 본부 및 숙소로 사용됐다. 하지만 교실을 다 동원해도 공간이 모자라 인근 민가에도 병사들이 몇 명씩 숙식했다. 수업은 거의 이뤄지지 않았고 후미야스와 같은 학생들은 연일 참호와 방공호 파기, 농사일 돕기에 나서야 했다. 청년들과 어른들은 10킬로미터가량 떨어진 섬에 만들어질 비행장 건설에 2주간씩 교대로 동원됐다. 후미야스는 국민학교 학생들이 중요한 일꾼이 됐다는 것, 그리고 우군에게 도움을 줄 수 있다는 사실이 기쁘기 짝이 없었다.

    항구와 가까운 탓인지 후미야스의 학교에는 해군 부대가 들어왔다. 마을 동쪽에 위치한 항구와 건너편 섬 사이의 내해에는 어뢰정과 특수 잠수정이 배치돼 있었다. 때문에 항구는 물론 항구를 한눈에 내려다볼 수 있는 고지대 출입도 금지됐다. 늘 장작을 줍고 염소 풀을 베던 장소에 이제 아이들은 들어갈 수 없게 됐다. 그러나 그런 상황에 불만을 가진 이는 없었다. 수상한 인물을 발견하면 즉시 우군에게 신고

하라는 지시에 아이들도 철저히 따랐던 것이다.

상대는 어린아이에게 방심할 가능성이 크다. 그러니 스파이 적발에 너희들 역할이 아주 중요하다.

담임 교사의 격려에 후미야스와 친구들도 으쓱한 기분이 들었다.

방첩을 철저히 하라는 명령은 아카자키 대장도 강조한 부분이었다. 마을에 부대가 들어온 다음 날, 교정에 대열을 지어 선 학생들을 향해 그는 연설했다. 새 군복에 매끈한 군화, 검은 칼집의 군도를 찬 아카자키가 연단에 오르자 후미야스와 아이들의 몸은 얼어붙었고 연신 탄성을 토하며 그 모습을 지켜보았다. 아카자키는 이십 대 중반으로밖에 보이지 않았다. 실전 경험이 부족한 청년 장교에 지나지 않았지만 그 당시 아이들이 그런 사실을 알고 있을 리는 없었다. 볼에 파인 상처가 그를 역전의 용사처럼 보이게 만들기도 했다. 장신의 몸을 곧게 펴고 연단 위에서 학생들을 내려다보는 아카자키의 모습은 늠름했고, 그가 날카로운 목소리로 한 마디 한 마디 내지를 때마다 아이들은 흥분과 경외감을 느꼈다.

아카자키 대장은 군이 사력을 다해 미군의 상륙을 저지

할 것이니 섬 주민들도 남녀노소 할 것 없이 나라를 지키기 위해 헌신하고 분투하라며 굳센 어조로 말했다. 아이들에게도 소국민으로서 자기 섬은 자기 손으로 지켜야 한다며 훈계했다.

적은 군의 동향을 살피기 위해 스파이를 보낸다. 수상한 움직임이 보이면 예의 주시하도록. 항구는 군의 주요 시설이므로 접근해서는 안 된다. 주위의 숲에도 올라가지 말아야 한다. 이렇게 아카자키는 거듭 주의를 주었다.

후미야스와 학생들은 꼼짝도 하지 않고 집중해서 훈시를 들었다. 누구나 아카자키 대장에게 매료됐다. 소리만 마구 지르는 배속 장교와 달리 아카자키의 말투는 온화했다. 햇볕에 그을리긴 했지만 오키나와 남자들에 비하면 그의 얼굴은 오히려 창백해 보일 정도였다. 엄한 표정을 짓고 있었지만 위압적이지 않았다. 그런 모습을 본 후미야스는 진짜 군인이란 바로 저렇게 훌륭한 모습일 거라고 한층 더 확신하게 됐다.

아군은 반드시 이길 것이다. 미영 연합군을 격멸해 황국을 지켜낼 것이다. 제군도 자신들이 태어나 자란 고향을 지키도록 하라. 이 섬은 황국 방위의 최전선이다. 아카자키는 그렇게 말하고 직립 부동자세를 취했다.

천황 폐하의 뜻을 섬기며 충절을 다하라.

아카자키 대장은 그렇게 마무리하고 연단에서 내려갔다. 깊은 탄성이 교정에 퍼져 나갔다. 학생들의 눈은 모두 아카자키 대장의 일거수일투족에 쏠려 있었다. 교장의 안내를 받으며 아카자키 대장이 부하를 거느리고 교사 안으로 사라질 때까지 누구 하나 움직이는 사람이 없었다.

아카자키 대장의 명령이라면 어떤 일이라도 해낼 것이다.

후미야스는 그렇게 생각했다. 우군에게 도움이 된다면 목숨을 바쳐도 아깝지 않다. 기분이 고양되면 몸에 전율이 일어난다는 것을 후미야스는 처음 느꼈다.

한낮의 흥분이 아직 가라앉지 않은 후미야스는 저녁 식사 자리에 모인 가족들에게 교정에서의 집회 모습을 들려주었다. 우군이 오키나와에 왔으니 이제 미군은 오키나와에 접근할 수도 없다. 만약 상륙한다 해도 우군의 먹잇감이 될 뿐이다. 그때는 나도 함께 싸우겠다. 후미야스가 숨도 쉬지 않고 쏟아 내는 말을 어머니 후미는 불안한 표정으로 듣고 있었다.

무슨 일이 생기면 말이야, 내가 엄마랑 아키코를 지킬게.

후미야스는 그렇게 말하며 다섯 살 된 여동생 아키코의

머리를 쓰다듬었다. 그때까지 잠자코 듣고 있던 아버지 가쓰에이가 언짢은 듯 입을 열었다.

네가 미군과 싸워서 이길 수 있다고 생각하냐?

램프 불빛이 아버지의 굵은 눈썹 밑에 그림자를 드리웠고, 거기서 언짢은 눈빛이 노골적으로 쏟아지고 있었다. 후미야스의 격앙된 기분은 순식간에 사그라들고 말았다. 혹여나 아버지가 때리지는 않을까 두려웠다. 왜 그렇게까지 아버지가 화를 내는지 알 수 없었다.

이 녀석아, 미국이란 나라가 얼마나 대국인지 알기나 하는 거냐?

후미야스는 대답하지 못하고 고개만 떨구고 있었다. 가쓰에이는 내뱉듯이 다음 말을 이어갔다.

미국은 독수리고 일본은 참새야. 참새가 독수리를 이길 수 있겠냐?

후미야스가 머리에서 손을 내리자 겁을 먹은 듯한 아키코가 오빠의 손을 붙잡았다. 작은 손가락에는 힘이 실려 있었다. 후미야스가 아키코의 손을 부드럽게 움켜쥔 것은 자기 자신을 위한 일이기도 했다. 아버지의 따가운 눈총 탓에 후미야스는 입 안의 고구마를 삼킬 수가 없었다. 어머니가 아버지의 무릎을 가볍게 두드리며 말했다.

그렇게까지 무섭게 말하지 않아도 되잖아요. 어린애가 뭘 알겠어요.

가쓰에이는 분노를 가라앉히려는 듯 눈을 감고 한숨을 내쉬었다.

이길 수 없는 싸움을 하다니 미치광이 같아.

낮은 목소리로 가쓰에이가 말했다.

여보, 다른 사람이 들으면 어쩌려고 그래요.

그렇게 말하고서 후미는 봉당 미닫이문을 쳐다보았다. 아키코가 금방이라도 울 것처럼 얼굴을 찌푸리고 있었다. 후미는 아키코를 안고서 아무것도 아니야, 라고 중얼거리며 여린 등을 쓰다듬어주었다. 후미야스는 아버지에 대한 반발심을 억누르고 일단은 저녁거리인 고구마를 다 먹었다.

마흔한 살인 가쓰에이는 이십 대에 먼저 이민 간 작은아버지를 믿고 하와이로 건너간 적이 있었다. 셋째 아들이라 집안에서 물려받을 땅도 없었던 가쓰에이는 하와이에서 스스로 일어서기로 했다. 작은아버지 가족과 함께 사탕수수 농장에서 열심히 일했지만 원래 튼튼하지 못했던 그는 몸도 망가지고 큰돈도 모으지 못한 채 오키나와로 다시 돌아와야 했다.

쇠약해진 가쓰에이는 본가 뒷방을 차지하게 됐고 좌절감과 눈칫밥 때문에 마음의 짐은 점점 커져만 갔다. 조바심이 나는 것도 사실이었지만 몸은 좀처럼 회복될 기미를 보이지 않았고 피까지 토하게 됐다. 혹시 폐병은 아닌지 점점 불안해졌지만 문제가 있는 곳은 위장이었다. 끼니를 제대로 챙기지 못한 가쓰에이는 살이 빠져 농사는커녕 한때는 변소까지 걸어가는 일도 어려울 정도였다. 몹쓸 애물단지라는 자괴감에 빠져 울적한 하루하루를 보내며 일 년 넘게 요양 생활을 했다.

몸이 어느 정도 회복되자 가쓰에이는 나하로 나가 이발소 견습생이 됐다. 손재주가 좋았던 그는 3년 정도 견습 생활을 한 뒤 다시 마을로 돌아와 작은 가게를 차렸다. 스스로 마련한 돈을 밑천으로 삼고 모자란 금액은 본가에서 빌렸다. 어머니가 큰형과 아버지를 끈질기게 설득해준 덕분이었다. 말주변은 없지만 솜씨만큼은 제대로인 데다 나하에서 유행하는 새로운 머리 모양을 도입한 게 입소문이 나 손님들이 제법 찾아왔다. 가쓰에이는 생활비를 아끼고 아껴 개업 5년 차가 됐을 때는 빚을 다 갚을 수 있게 됐다. 자신들이 예상했던 것보다 훨씬 빨리 갚아서인지 부모님과 큰형 모두 놀라는 눈치였다.

그사이 가쓰에이는 같은 마을에 사는 후미를 아내로 맞았다. 두 사람이 함께한 것은 가쓰에이가 서른 살, 후미가 스물여섯 살 때였다. 양가 부모들끼리 결정한 혼담이었지만 병약한 자신과 같이 살게 된 아내가 못내 안쓰러웠다. 하지만 이제야 사람 구실을 할 수 있겠구나 싶어 안심이 되기도 했다.

이따금 바구니에 채소를 담아 머리에 이고 팔러 다니는 후미의 모습을 볼 때가 있었다. 그 모습을 보아도 특별히 끌리거나 하지는 않았다. 그녀는 한 번 결혼한 적이 있는데 아이가 생기지 않아 이혼을 당했다고 한다. 함께 살면서 그녀가 얼마나 배려심이 깊은지 알게 됐다. 가쓰에이와 달리 튼튼한 몸을 가진 그녀는 가게 일을 돕는 한편 친정에서 물려받은 백 평 남짓한 밭을 일구어 수확한 고구마나 채소를 여기저기 팔러 다니곤 했다. 또 밭 한쪽 구석에 오두막을 지어 염소도 길렀다. 즐겁게 일하는 후미의 모습은 참으로 보기 좋았다.

결혼한 지 2년 만에 장남 후미야스가 태어났다. 가쓰에이와 후미는 자신들의 몸으로는 아이를 가질 수 없을 거라고 확신하고 있었다. 아이가 생기자 두 사람은 몹시 놀라기도 했고 동시에 안도감도 들었다. 그들의 기쁨은 곱절이 됐다. 가쓰에이는 병약한 자신이 의지할 수 있는 후미에게 늘 고맙다고 말했다. 가쓰에이가 상냥하게 말을 하는 게 후미에게는 의외로 느껴졌다. 말수가 적고 까다로운 남자인 줄 알았는데 실제로는 다정한 남자였다는 사실을 알게 되자 후미의 행복도 커져만 갔다. 그 후로 아키코가 태어났고 이발소도 순조로웠다. 네 명의 가족을 이룬 그들은 이렇게 지낼 수 있는 데 만족하고 또 만족했다.

염려스러운 것은 전시 상황이 악화되고 있다는 점이었다. 물자 부족이 당연시되기 시작하자 가게에서 쓰는 비누나 면도칼도 구하기 어렵게 됐다. 사이판 섬과 티니언 섬이 적의 손에 들어가고 남양으로 이민 간 마을 사람들이 희생됐다는 이야기가 들려왔다. 팔라우로 이민 간 후미의 친척은 무사할까……. 불안감은 커져만 갔다.

몸이 약한 가쓰에이는 젊었을 때 받은 징병 검사에서도 병종丙種 합격을 받아 아무짝에도 쓸모없는 몸이라는 낙인이 찍히고 말았다. 겉으로 드러내지 않았지만 속으로는 군 복무를 하지 않아도 돼서 기뻤다.

미국과 전쟁이 시작됐을 때 일본 정부나 군부가 내리는 무모한 판단에는 기가 질렸다. 하와이에서 본 미국의 공업력과 생산력, 풍요로움을 생각하면 미국은 도무지 이길 수 있는 상대가 아니었다. 진주만 기습 공격이 성공했다는 보도에 모두가 들떠 있을 때도 하와이에 사는 친척과 오키나와 사람들이 무슨 일을 당하지는 않을지 걱정이 앞섰다.

가쓰에이는 후미에게만큼은 비밀스럽게 속마음을 털어놓곤 했다. 하와이에서의 생활을 이야기하며 미국의 어마어마한 국력에 대해 늘어놓았다. 미국은 일본이 맞설 상대가 아니다. 일본이 이겼다며 떠들어대지만 도무지 믿을 수 없는 이야기였다.

정부의 수뇌 놈들은 미쳤어.

정부와 군부의 어리석음을 비판하는 가쓰에이를 보고 있자면 후미의 마음은 불안해질 수밖에 없었다. 손님 앞에서 절대 그런 말을 입에 담아서는 안 된다고 주의를 주었다.

그 정도는 알고 있어.

가쓰에이는 웃으며 답했지만 후미의 불안감은 사라지지 않았다. 아니나 다를까 우려하던 일이 일어났다. 이발하던 중 손님들이 미국을 깔보며 신국神國 일본에 어느 나라가 적

수가 되겠느냐며 전쟁을 낙관하자, 가쓰에이는 그만 참지 못하고 하와이에서 경험한 일들을 이야기하며 미국을 얕봐서는 안 된다고 말하고 말았다. 소극적이기는 했지만 자신의 생각을 분명히 표현해버린 것이다.

대부분의 손님들은 그러냐며 대수롭지 않게 흘려들었지만 개중에는 싫은 표정을 짓는 손님도 있었다. 후미는 그런 손님이 점점 늘어나고 있음을 느꼈다. 이윽고 손님 중에 이딴 가게에 다시는 오지 않겠다고 화를 내며 유리문을 요란하게 닫고 나가는 이가 나오기 시작했다. 후미는 몇 번이나 가쓰에이에게 입단속할 것을 부탁했다. 가쓰에이도 자신이 쓸데없는 말을 했다는 걸 알고 있었지만, 이야기하다 보면 더욱 초조해져 말을 절제하지 못하고 그만 내뱉고 마는 것이었다.

그러나 마을에 우군이 들어온 이후부터는 언행에 특별히 주의를 기울였다. 그렇지 않아도 하와이에서 귀환한 이들을 수상쩍게 여기는 분위기가 퍼져 있던 차에, 지금까지 말다툼을 벌였던 마을 사람들이 혹시 우군에게 자신의 이야기를 나쁘게 전하지 않을지 불안했다. 후미가 친정에 들렀을 때 친정아버지도 이민 갔다가 귀환한 사람은 스파이로 의심받기 쉬우니 주의하라고 몇 번이나 당부했다. 이 말을 가쓰에이에게 전하자 그는 자신도 알고 있다며 긴장한 얼굴로 고개를 끄덕여 보였다.

그들이 걱정하던 일이 실제로 벌어진 것은 일본군이 마을에 온 지 한 달 반 정도 지난 9월 말 무렵이었다. 학교를 마친 후미야스는 친구 셋과 함께 염소 풀을 베고 있었다. 그들 무리로 동급생 기요카즈가 달려왔다.

너, 아버지, 큰일, 났어.

땀범벅이 된 기요카즈는 숨을 헐떡이며 후미야스에게 말했다. 마을의 큰 샘터에 아버지와 우군이 함께 있다는 말을 전해 들은 후미야스는 곧장 그곳으로 달리기 시작했다. 친구 셋도 뒤를 따랐다. 후미야스의 오른손에는 풀을 벨 때 쓰는 낫이 움켜쥐어져 있었다. 만약 아버지에게 무슨 일이 생기면 이걸로 도와야겠다는 심산이었다. 샘터는 마을의 발상지로 여겨지는 신성한 곳이다. 맑은 물이 솟는 샘 위쪽은 서쪽 숲이라 불렸는데, 큰 모밀잣밤나무와 이주 나무가 우거져 있었다. 가주마루 나뭇가지가 부채처럼 펼쳐진 나무 그늘 아래, 물이 솟는 곳 주위에는 돌담이 반듯하게 둘러져 있었다. ㄷ자형 돌담에 트인 곳을 계단으로 만들어놓은 건, 길에서 내려와 물을 긷기 쉽도록 하기 위해서였다. 계단과 연결된 돌의 가장자리는 닳아 있었다. 오래전부터 마을 사람들이 사용해왔기 때문이다. 마을에서 가장 깨끗하고 달달한 이 샘은 마을 사람들의 자랑거리였다. 이 마을에서 태어난 사람들은 죽을 때까지 이 샘물을 마시며 살았다.

샘물은 식수로만 사용되는 것이 아니었다. 돌계단 옆길 아래로 길게 파인 수로를 따라가면 논으로 이어지는데, 수로는 다시 여러 갈래의 용수로로 나뉘어져 주변 논의 벼를 기르는 데 쓰였다. 주변 마을이 여름 가뭄에 시달릴 때도 이 샘물만큼은 마르지 않아 모두의 부러움을 사곤 했다.

후미야스와 같은 마을 아이들이 아침에 일어나 가장 먼저 하는 일은 우물에서 물을 길어 집 안의 물 항아리를 채우는 것이었다. 이 일을 불만스럽게 여기는 아이는 부모에게 잔소리를 들어야 했다. 어른들은 매일 아침 물을 긷는 것이 얼마나 행복한 일인지 아느냐고 설명하곤 했다. 샘물은 마을에서 생명의 원천이었다.

돌계단 아래로 내려가면 다다미 한 장 크기의 납작한 바위가 나타나는데, 바로 그 앞에는 깊이 50센티미터쯤 되는 샘이 있다. 경사진 바닥에서 5미터 정도 내려간 안쪽은 깊이가 2미터 이상이나 됐다. 물이 맑아서 바닥을 기어 다니는 크고 작은 게나 새우가 또렷하게 보였다. 흰 나무뿌리가 노인의 수염처럼 나부끼고 푸른빛이 감도는 밑바닥 바위 언저리에서는 물이 솟아나고 있었다.

이 물가에는 예전부터 큰 뱀장어가 살고 있었다. 몸집이 1미터 반이나 될 정도로 길었고 3홉짜리 병보다 굵었다. 그 뱀장어는 '신<sup>神</sup> 뱀장어'라 불리며 결코 잡아서는 안 되는 것으로 전해지고 있었다. 마을 사람들 누구나 어렸을 때부터 신 뱀장어를 소중히 여겨야 한다고 들었다. 신 뱀장어는 샘물의 수호신이자 마을의 수호신이기도 했다. 신 뱀장어가 샘터를 드나들기 때문에 샘은 마르지 않고 계속 물이 솟아난다. 만약 신 뱀장어를 잡거나 상처를 입히면 샘은 말라버리고 물을 얻지 못해 마을 사람들은 살아갈 수 없게 된다. 신 뱀장어의 전설은 그렇게 전해 내려오고 있었다. 만약 신 뱀장어에게 장난을 치거나 나쁜 짓을 하면 설사 어린아이라도 마을 남자들에게 반쯤 죽임을 당할 정도로 호되게 혼쭐이 났다.

마을 아이들 역시 주변 강이나 논 용수로에서는 개구리

를 미끼로 뱀장어 낚시를 했지만, 샘터의 신 뱀장어만큼은 절대 손대지 않았다. 마을 사람들이 귀하게 여기는 신 뱀장어는 사람을 두려워하지 않았다. 샘터에서 나와 돌계단 바로 옆까지 헤엄쳐 오기도 했는데, 물을 길으러 왔다 금빛을 띤 갈색 살갗에 검은 얼룩무늬가 눈에 띄는 커다란 몸을 직접 보면 경외감이 들 지경이었다. 혼자일 때는 겁이 날 정도여서 손을 모아 합장한 다음 황급히 물만 긷고 도망갈 때도 있었다.

그런 신 뱀장어가 지금은 일본군들의 발밑에 덩그러니 놓여 있다. 게다가 흰 석회암 먼지를 뒤집어쓴 채 햇볕에 그대로 노출돼 있다. 살갗은 마르고 등지느러미도 등에 달라붙어 크림색 배가 훤히 보인다. 이따금 아가미를 열었다 닫는 걸로 보아 아직 살아 있는 듯하지만 이대로 오래 버티지 못할 게 분명했다.

반쯤 벌어진 입 위턱에는 굵은 낚싯바늘이 튀어나와 있었다. 낚싯줄을 젊은 병사가 오른손으로 휘감고 있다. 그 옆에 선 아카자키는 가쓰에이와 마주 보고 있었다. 주위에는 스무 명가량의 마을 사람들이 둘러싸고 있었다. 후미야스가 사람들 사이로 비집고 들어가려 하자 어른들이 혼을 냈지만 가쓰에이의 장남이라는 걸 아는 이웃집 우시 아주머니가 안으로 들어가게 해주었다.

일본군은 마을 사람들에게 군인들의 식량을 제공할 것을 명령했다. 사람들은 귀중한 단백질 공급원인 돼지와 염소, 닭 등을 집집마다 내놓았으며, 간혹 바다에서 물고기를 잡아 오기도 했다. 그래도 식량이 충분하지 않자 아무것도 모르는 일본군 병사들이 신 뱀장어를 잡아먹으려 했구나 하고 후미야스는 짐작했다.

그 뱀장어는 이 샘물의 수호신입니다. 신 뱀장어라 불리지요. 신 뱀장어가 사라지면 샘도 말라버릴 겁니다. 절대로 잡아서는 안 됩니다. 제발 신 뱀장어를 빨리 샘으로 돌려보내주십시오.

가쓰에이는 연신 고개를 숙이며 아카자키 대장에게 통사정하고 있었다. 벌써 같은 말을 몇 번이나 되풀이하고 있는 것 같았다.

장신의 아카자키는 무표정하게 가쓰에이를 내려다보고 있었다. 두 사람 사이에는 신 뱀장어가 가로놓여 있었다. 별안간 가쓰에이가 희뿌연 길 위에 무릎을 꿇고 두 손을 짚었다.

제발 부탁드립니다. 지금 당장 돌려보내지 않으면 신 뱀장어는 죽어버릴 겁니다.

땅바닥에 이마를 대고 간청하는 가쓰에이를 보고 있던 일본군들 사이에서 웃음소리가 터져 나왔다.

이 섬 사람들은 뱀장어를 신으로 받드는 모양이지? 본토에서는 들어본 적도 없는데 말이야.

아카자키 뒤에 서 있던 수염을 기른 서른 살 전후의 병사가 소리를 질렀다. 다른 세 명의 젊은 병사들은 비웃는 표정이었지만 아카자키 대장은 무표정했다.

본토는 어떤지 잘 모릅니다만, 이 뱀장어는 마을 사람들이 소중히 지켜온 것입니다. 이 샘물은 '우부가座泉'라고 하는데 이곳이 마르면 여러분의 식량이 되는 벼도 자랄 수 없어요. 마을의 생명이라 할 수 있는 샘을 지키기에 신 뱀장어라고 부르는 것입니다. 제발 부탁드립니다. 샘으로 돌려보내 주십시오.

가쓰에이는 고개를 들어 필사적으로 부탁했다. 이마에 묻은 흰 석회 가루가 땀에 흘러내린다. 신 뱀장어의 몸은 햇빛에 그을린 상태였고, 그것을 보는 가쓰에이의 눈에는 초조함 때문인지 핏발이 서 있었다. 가쓰에이는 땅에 이마를 내리박듯 고개를 숙였다.

그런 비과학적인 소리를 하니까 너희 오키나와 사람들은 안 되는 거야.

아카자키가 내뱉듯이 말했다. 볼에 파인 상처가 일그러지고 얇은 입술로 비웃는 모습이 후미야스의 가슴을 도려내는 것 같다. 눈앞에서 아버지가 바보 취급당하는 모습을 보는 것은 처음이었다. 수염을 기른 병사가 아카자키 대장 옆에 서서 가쓰에이에게 호통을 쳤다.

뱀장어 한 마리가 사라진다고 해서 샘이 마르지는 않을 거다. 그런 미신은 당장 버려야 해. 알겠나? 우리는 너희들의 섬을 지키기 위해 왔다. 원래 같으면 네놈들이 공출해야 하는 것 아니냐. 이 뱀장어도 황군에게 도움이 되어 영광이라고 생각할 것이다. 이렇게 설명하는데도 너는 불복하겠단 말이냐?

가쓰에이는 고개를 들어 쉰 목소리로 대답했다.

식량이라면 내일 다른 뱀장어를 잡아 와 공출하겠습니다. 제발 그 뱀장어만은 놓아주십시오.

수염을 기른 병사가 어이없다는 듯이 아카자키 대장을 쳐다보았다. 아카자키의 목덜미는 달아올랐고 볼도 붉어졌다. 후미야스는 아카자키의 손이 군도로 옮겨 가지 않을까 두려워서 그의 긴 손가락에서 눈을 뗄 수 없었다.

말도 안 된다.

그렇게 말하며 아카자키는 젊은 병사가 들고 있던 작살을 건네받자마자 신 뱀장어의 머리를 찔러버렸다. 신 뱀장어는 몸을 비틀어 도망치려 했지만 작살의 뾰족한 끝부분이 이미 땅속까지 파고들어가 버렸다. 그때까지 말없이 지켜보던 마을 사람들 사이에서 한숨과 신음 소리가 새어 나왔다. 젊은 병사들이 순간적으로 방어 태세를 취했지만 마을 사람들은 희뿌연 길가에 그림자만 드리울 뿐 한 발짝도 다가서지 못했다.

가쓰에이는 땅바닥에 두 손을 짚고 몹시 괴로워하는 신 뱀장어를 바라보고 있었다. 아카자키가 작살을 빼내자 신 뱀장어는 마지막 힘을 짜내 몸을 뒤집더니 온몸에 흰 석회 가루를 묻히며 펄쩍펄쩍 날뛰었다. 아카자키가 수염을 기른 병사에게 작살을 건네고 걷기 시작하자, 낚싯줄을 손에 감은 젊은 병사는 신 뱀장어의 아가미에 손가락을 찔러 넣어 번쩍 들어 올렸다. 몸의 절반이 땅에 질질 끌릴 정도였기에 또 다른 병사 한 명이 꼬리 부분을 잡고 들어 올려야만 했다. 바로 그 순간, 가쓰에이가 신 뱀장어에게 매달렸다.

앗, 따가워.

낚싯줄이 손에 파고들었는지 젊은 병사가 비틀거렸다.

무슨 짓이야.

맨 뒤에 있던 병사가 가쓰에이의 옆구리를 발로 찼다. 군화 끝이 옆구리를 파고들자 가쓰에이는 신음하며 쓰러졌다.

무슨 놈의 신 뱀장어냐, 멍청하긴.

맨 뒤의 병사가 이번에는 가쓰에이의 엉덩이를 걷어찼다. 아카자키는 뒤돌아서 어이없다는 듯 보고 있었다.

신 뱀장어라니. 다음번에는 신 돼지에게 부탁해보시지.

병사 한 명이 돌아서서는 우스꽝스러운 목소리로 말했다. 다른 병사들도 웃음을 터트렸다. 아카자키는 아무런 반응도 보이지 않고 다시 걷기 시작했다.

병사들이 떠난 뒤에도 가쓰에이는 옆구리를 움켜쥔 채 쓰러져 있었다. 마을 사람 몇 명이 그를 부축하려 했지만 가쓰에이는 그 손을 뿌리치고 몸을 일으키더니 떠나는 병사들의 뒷모습을 노려보았다. 이를 악물고 아픔을 참는 그의 얼굴은 흰 석회 가루가 얼룩져 기괴한 가면을 쓰고 있는 것처럼 보였다.

아빠.

후미야스의 목소리가 들리자 가쓰에이는 충혈된 눈으로 아들을 바라보았다. 후미야스는 몸이 얼어붙어서 아무 말도 할 수 없었다. 마을 사람들도 입을 다문 채 자리를 떠났다. 후미야스의 친구들도 후미야스에게 눈인사만 건네고 어른들 뒤를 따라갔다.

둘만 남게 되자 가쓰에이는 천천히 일어나 후미야스를 바라보았다. 아버지가 아직 가라앉지 않는 분을 삭이고 있다는 걸 후미야스도 알 수 있었다.

*염소 풀 베러 갔었느냐?*

후미야스가 들고 있는 낫을 보고 가쓰에이는 평소와 같은 어조로 물었다. 아직이라고 대답하자, 아버지는 그럼 얼른 풀을 베러 가거라, 라고 말한 뒤 한쪽 다리를 절뚝거리며 집 쪽으로 걸어갔다. 아버지의 뒷모습은 눈물에 가려 제대로 보이지 않았다. 후미야스는 자신의 마음속에 끓어오르는 이 감정을 어떻게 다뤄야 할지 몰랐다. 그때까지 품고 있던 우군에 대한 믿음과 동경이 흔들리고 있었다. 아버지를 우롱하고 신 뱀장어를 죽인 것에 대한 분노와 미움이 한꺼번에 솟구쳤다.

다만 그 일을 분명히 자각하는 것은 무의식중에 피했다.

일본군의 말이 틀린 게 아니다. 미신에 사로잡혀 있는 아버지나 마을 사람들이 이상한지도 모른다. 또 일본군에게 맞선 아버지 때문에 뭔가 나쁜 일이 벌어지지 않을까 불안하기도 했다.

후미야스는 풀을 베던 숲을 향해 혼자 걸어갔다. 마음속에서 차례차례로 피어오르는 감정과 예감들을 모두 털어내고 싶었다. 그러나 그것들은 차가운 가시처럼 가슴속을 파고들었다.

그로부터 2주쯤 지난 10월 10일, 미군 함재기가 오키나와 전역을 공습했다. 나하의 거리는 90퍼센트가 불에 탔고, 후미야스가 사는 마을도 일본군이 막사로 사용하는 학교나 해군 기지로 쓰는 항구가 집중 공격을 받았다. 미군의 공격은 정확했다. 오키나와 사람 중에 미군에게 정보를 흘린 자가 있는 게 분명하다. 그렇지 않고서는 위장한 진지가 이토록 정확하게 공격받을 리 없다. 일본군은 그렇게 인식하고 방첩 체제를 한층 강화했다. 원래부터 해외로 이민 갔다 귀환한 사람을 몹시 경계했지만, 10월 10일 공습 이후에는 더 노골적으로 드러냈다.

가쓰에이는 자신이 이민 귀환자인 데다 신 뱀장어 건도 있고 해서 우군의 감시가 만만치 않을 거라고 예상했다. 후미가 어지간히 잔소리도 하고 애원도 하기에 우군에게 협조적인 자세를 보이려 노력하고 있었다. 식량 공출이나 진지 구축 작업에도 적극적으로 나섰다. 하지만 그런 일은 몸이 약한 가쓰에이에게 꽤 부담이 됐고, 일을 마치고 집에 돌아오면 저녁을 먹고 쓰러지듯 잠드는 일도 잦았다. 이제 그는 전시 상황에 대한 부정적인 생각을 가게 손님뿐만 아니라 가족에게도 말하지 않으려고 조심했다.

후미야스는 학교에서 친구나 선배로부터 네 아버지는 이민 갔다 온 사람이지? 하와이에서 무슨 일을 했어?라는 질문을 받을 때가 있었다. 스파이라는 말까지는 하지 않았지만 의심의 눈초리를 보내는 것쯤은 후미야스도 알 수 있었다. 후미야스는 아무런 대꾸도 하지 못했다. 섣불리 반박하면 말꼬리를 잡힐 것 같아 고개를 숙인 채 버티고만 있었다. 그런 날이면 등하굣길에 있는 루스벨트나 처칠을 본뜬 짚 인형을 죽창으로 연거푸 찔러 분풀이를 했고, 주변 사람들에게 미국과 영국에 대한 적개심을 더욱 과장되게 말하곤 했다.

그 무렵 규슈로 피난 가는 동급생이 점차 많아졌다. 이른

바 피난 권유가 시작된 8월경에는 미군의 잠수함 공격이 두려워 교사가 권유해도 응하는 학생이 많지 않다가, 10월 10일 공습 이후에는 형제자매나 어머니, 할머니와 함께 피난 가는 사람들이 속속 생겨났다. 담임 교사는 학급 학생 전체를 대상으로 피난을 권유하기도 하고 각 학생들에게 개별적으로도 이야기했지만 후미야스만큼은 예외였다. 왠지 아버지 때문에 그런 취급을 받는 것 같아 소외감이 느껴졌고 교사에겐 반발심마저 일었다.

해가 바뀌고 마을 상공에 미군기가 보이는 날이 많아졌다. 고공 정찰을 수행하는 경우가 대부분이었지만 가끔은 급강하해 항구나 우군 진지에 공격을 가하는 일도 있었다. 전쟁이 점점 다가오고 있음을 후미야스도 실감하지 않을 수 없었다. 유사시에는 우군이 섬을 지켜줄 것이다. 이런 생각은 당초에 비하면 약해졌지만 그래도 의심할 여지는 없었다. 동급생과 경쟁하듯이 우군의 강인함에 대해 이야기를 나누기도 하고 전과가 보도되는 날이면 그것을 화제로 열을 올리기도 했다.

3월에 들어서자 마을의 중학생들은 철혈근황대로, 십 대들과 새향 군인들은 호향대로, 그 외의 남자들은 방위대로 끌려갔다. 병약한 가쓰에이는 지역 경방단 활동에 임하라는 동사무소의 지시가 있었기에 방위대에는 동원되지 않았다.

진짜 이유는 따로 있지 않을까. 주위 사람들은 물론 가쓰에이 자신도 그렇게 느꼈다. 우군은 불신의 눈으로 나를 지켜보고 있다. 가쓰에이는 그렇게 여기고 스파이 혐의를 받지 않도록 언행에 각별히 주의했다.

3월 27일 아침, 가게 앞을 빗자루로 쓸고 있던 후미는 동사무소 하늘 위로 검은 점이 여러 개 나타나더니 쭉쭉 다가오는 것을 보았다. 폭음이 하늘에 울려 퍼졌다. 우군 전투기가 오키나와를 지원하러 왔구나, 하고 생각한 후미는 길에 나와 있던 이웃과 함께 만세를 불렀다.

기쁨은 잠시였다. 세 대가 편대로 날아온 검은 전투기는 동사무소 상공을 선회하자마자 급강하하더니 기관총을 난사하기 시작했다. 미군기의 공격이라는 것을 알아차린 마을 사람들은 황급히 달아나기 시작했다. 그제야 공습경보가 울렸다. 후미는 가게로 달려 들어가 가쓰에이에게, 미국 비행기야, 전쟁이 시작됐어, 하고 소리쳤다. 가쓰에이는 밖으로 나와 상공을 비상하는 전투기를 올려다보며 아키코를 등에 업은 후미와 함께 뒷산 방공호로 달려갔다.

이미 등교한 후미야스는 교사의 인솔하에 진지 구축 작업을 하러 가는 중이었다. 그들은 샘터 위의 숲으로 도망쳐 바위 그늘에 몸을 숨겨야 했다.

*신 뱀장어가 지켜줄 테니 여기엔 폭탄이 떨어지지 않을 거야.*

누군가가 말했다.

*신 뱀장어는 이제 없어. 일본군이 먹어 치웠잖아.*

누군가가 대꾸했다.

*벌을 받아 더 호되게 당하게 될 거야.*

다른 누군가가 말을 덧붙이자 쓸데없는 소리 하지 말라며 주먹이 날아왔다. 머리 위를 덮고 있는 큰 나뭇가지 사이로 낮게 날아다니는 그러먼기를 후미야스는 바라보았다. 기체가 기울어진 순간 전투기 유리창 너머로 웃고 있는 붉은 얼굴이 보이는 것 같았다. 분노와 공포로 무릎이 떨렸다.

공습이 끝나자 교사의 지시에 따라 학생들은 집으로 돌아갔다. 가쓰에이와 후미는 이미 피난 준비를 끝내고 후미야스를 기다리고 있었다.

*오빠, 왜 이렇게 늦었어.*

아키코가 반가운 얼굴로 안겼다. 긴장하고 있던 부모님

얼굴이 한순간에 풀리는 것 같았다. 하지만 가쓰에이의 표정은 다시 굳어졌다. 그는 후미야스에게 식량이 든 자루를 들라고 재촉했다.

아키코를 업은 가쓰에이가 앞장서고 후미와 후미야스가 차례로 뒤를 따른다. 그들은 마을 남쪽으로 펼쳐진 산간 지역을 향했다. 강줄기를 따라 2킬로미터 정도 올라가면 동굴이 있다. 비상시에 이곳으로 피신하자고 이웃들과 미리 약속을 해둔 터였다.

동굴 입구는 위에서 떨어진 큰 바위에 가려져 있지만 틈새로 들어가면 내부는 백 명 이상 들어갈 수 있을 만큼 넓다. 동굴 안에는 길이 여러 갈래로 나 있는데 안쪽으로 들어가면 샘물도 솟아나고 있었다. 바깥의 불빛이 동굴 입구에 비치자, 안에 있는 사람들의 얼굴도 서로 확인할 수 있었다. 후미야스네가 도착했을 때는 이미 서른 명 이상의 주민이 가족 단위로 모여 자리를 잡고 앉아 있었다.

가쓰에이는 먼저 도착한 사람들과 공습의 피해 정도와 일본군의 상황에 대해 이야기를 나누었다. 후미와 후미야스, 아키코는 바위 그늘에 짐을 내려놓고 쉬기로 했다. 동굴 입구 주위에는 나무들이 가지를 펼치고 있기 때문에 상공에서도 찾아내기가 쉽지 않을 것이다. 주민들은 해가 진 뒤 계곡으로 내려가 밖에서 불빛이 보이지 않게 주의하면서 고구마를 삶아 저녁을 먹었다.

다음 날 아침부터 함포 사격이 시작됐다. 포탄 떨어지는 소리가 땅울림이 되어 동굴까지 진동이 전해졌지만 거리는 먼 것 같았다. 후미야스는 아버지와 함께 동굴에서 나와 나무 사이로 몸을 숨기며 숲 정상 근처까지 올라가 바다 상황을 살펴보기로 했다. 큰 나무와 바위 그늘에 몸을 숨긴 채 조심조심 바다 쪽을 바라보니 미군 배가 수평선을 가득 메우고 있었다. 대형 전함에서 여러 개의 붉은 불빛이 번쩍이는가 하면 포격 소리도 울린다. 그 사이로 소형 배가 내달리고 있다. 너무나 수가 많아서 셀 엄두도 나지 않았다.

아빠.

그렇게 부르긴 했지만 후미야스는 다음 말을 잇지 못했다. 나무줄기를 붙잡고 있는 손이 떨리고 갑자기 소변이 마려웠다. 가쓰에이는 후미야스를 바라보았지만 아무 말 없이 고개만 끄덕일 뿐이었다. 잠시 후 같은 동굴에 있던 남자 여러 명이 다가왔다.

세상에, 이게 다 뭐야…….

예순이 넘은 쇼고로가 어이없다는 듯이 말했다.

*죄다 미국 배잖아?*

일흔에 가까운 마사요시가 가쓰에이에게 물었다. 가쓰에이는 고개를 끄덕이며, 미국이라는 나라는…… 하고 말하려다 입을 다물었다. 미군 전함은 연안을 중심으로 포격을 이어가고 있었다.

*어째서 일본군은 반격을 안 하는 거야?*

*그러게.*

마사요시의 물음에 쇼고로가 맞장구를 친다.

*우군에겐 대포도 없나? 비행기는 다 어디로 가고?*

마사요시와 쇼고로는 가쓰에이에게 답을 구하듯 바라보며 말했다. 가쓰에이는 이번에도 아무 말을 하지 않았다. 대포를 한 발이라도 쏘아 반격한다면 몇십 배의 집중포화를 맞을 게 뻔했다. 이 정도 규모의 함선을 해상에서 섬멸시킨다는 것은 어림도 없는 일이다. 가쓰에이는 자신의 생각을 드러내지 않도록 철저히 입단속을 했다.

후미야스는 어금니를 깨물며 우군 진지에서 포격이 언제 시작될지, 미 군함을 격침할 우군의 비행기는 언제 날아올지 계속 기다리고 있었다. 사람들은 아버지의 대답을 기대하는 눈치였지만 아버지는 묵묵부답이었다. 실망스러웠다.

*가자, 가.*

가쓰에이가 후미야스를 재촉한다. 동굴로 돌아오는 동안에도 포격 소리와 포탄 떨어지는 소리가 멀리서 울려 퍼지고 있었다. 이윽고 올 것이 왔다. 동굴에 직격탄이 쏟아질 것 같은 예감이 들자 후미야스도 공포를 느끼지 않을 수 없었다. 그동안 강한 척하며 떠들어대곤 했지만 더 이상 그럴 수 없었다. 미군의 힘은 압도적이었다. 그러나 인정하고 싶지 않았다. 동굴로 돌아와 바위 그늘에 앉았다. 머지않아 우군이 일제히 공격을 시작해 미 군함이 차례차례 가라앉을 거야. 후미야스는 그런 장면을 마음속에 그려보기도 했다.

*어땠어?*

후미가 후미야스에게 묻는다.

*미 군함이 얼마나 많던지 바다가 보이지 않을 정도였어요.*

후미야스가 대답했다.

*바다가 안 보일 정도라고?*

후미가 신기한 표정을 지었다. 동굴 안의 다른 사람들도 주위로 몰려들었다. 가쓰에이는 그들이 들을 수 있도록 바다 상황을 설명했다.

쇼고로와 마사요시가 돌아온 뒤 가쓰에이는 동굴에 있는 모든 사람들에게 거듭 당부했다. 미군의 상륙이 임박했으니 앞으로 행동을 더욱 신중히 해야 합니다. 낮에는 밖으로 나가지 말고 동굴에 숨어 있어야 하며, 밖으로 나가려면 밤이 되기를 기다려야 합니다. 사람들은 모두 가쓰에이의 말에 수긍했다.

열흘 정도는 모두가 약속을 잘 지켰다. 그러나 함포 사격의 포탄이 점차 동굴에 가까워지고 저공비행하는 전투기 폭음이 하루에도 몇 번씩 동굴 상공에서 들리자 동요가 확산됐다. 더 깊은 산속으로 대피하는 것이 좋겠다고 말하는 사람들도 나왔다. 우에하라 영감은 일흔이 넘은 나이였지만 몸은 건장했다. 그는 한번 말을 꺼내면 자기 뜻대로 꼭 해야만 하는 성미로 남의 말을 듣는 법이 없었다. 그는 자신의 가족을 비롯해 그에게 동조하는 사람 십여 명을 데리고 이른 아침 동굴에서 빠져나갔다. 가쓰에이가 야간에 이동하는 편이 좋겠다고 설득했지만, 밤에 어두운 산길을 걷는 게 더 위험하다며 동굴 주위가 밝아지기를 기다렸다가 그만 떠나고 말았다.

동굴에 남은 사람은 여섯 가구의 식구들 사십여 명이다.

동요는 쉽사리 가라앉지 않았다. 간혹 가까운 거리에 포탄이 떨어지면 동굴이 무너져 내리지 않을까 공포에 휩싸였다. 다음 날 아침에도 가쓰에이의 가게 옆에 사는 오시로 기스케 가족이 동굴을 빠져나갔다. 가쓰에이도 망설여지기 시작했다. 산속 깊은 곳에는 일본군 진지가 있다. 깊은 산속이라 해도 일본군 근처로 가는 건 오히려 더 위험할 거라는 생각이 들었다. 그러나 우군 곁으로 가는 게 안전하다고 여기는 이들도 있었다. 이미 미군은 상륙한 것 같다. 머지않아 이 부근을 탐색하러 올지 모른다. 여기에 머물러 있는 것이 좋을지, 다른 곳으로 옮기는 것이 좋을지 고민하고 있는데, 아침에 나갔던 오시로 가족이 점심 전에 다시 동굴로 돌아왔다.

미군이 오고 있어.

오시로 기스케가 동굴로 뛰어 들어오자마자 가쓰에이 곁으로 다가와 목소리를 죽이며 말했다. 땀범벅이 된 몸과 흰머리가 섞인 정수리에서 나는 냄새 때문에 가쓰에이는 속이 울렁거렸다. 그것이 더 큰 분노를 일으켰다.

당신이 내 말을 안 들어서 그렇게 된 거 아냐!

이렇게 호통치고 싶은 마음이었지만 가까스로 참고 가쓰에이는 오시로의 설명을 들어보기로 했다. 동굴에서 나간 오시로는 가족을 데리고 계곡을 따라 상류로 나아갔다. 그리고 숯쟁이들이 만들어놓은 산길을 따라 능선을 걸으며 이웃마을과의 경계에 있는 골짜기까지 가봐야겠다고 생각했다. 도중에 함포 사격이 시작됐지만 포탄이 떨어진 지점은 멀었기 때문에 이따금 다가오는 소형 정찰기를 조심하며 계속 이동했다.

두 시간 정도 걷다 바위 그늘에서 휴식을 취하고 있을 때였다. 아래 골짜기에서 사람 소리가 들렸다. 오시로가 둘러보니 소총을 든 미군 몇 명이 계곡을 올라오고 있었다. 엉거주춤 총을 들고서 주변을 경계하는 게 보인다. 적의 척후병이라고 생각한 오시로는 나무 그늘에 몸을 숨기고 50미터가량 떨어진 곳을 걸어가는 미군을 지켜보았다. 근처에 본대가 있는 게 틀림없다. 오시로는 가족 곁으로 돌아와 서둘러 원래 머물던 동굴로 발길을 돌리자고 말했다.

네가 미군을 이쪽으로 인도한 것이나 마찬가지야.

그 말을 하려다가 가쓰에이는 참았다. 이제 미군이 동굴을 찾아내는 건 시간문제였다. 가쓰에이는 동굴 안에 남아 있는 주민들을 한데 모았다. 오시로의 이야기를 모두에게 전하고, 또 섣불리 움직였다가는 오히려 위험하니 우선은 이곳에 머물며 상황을 지켜보는 편이 좋겠다고 말했다.

미군이 오기 전에 도망가야 하는 거 아냐?

여러 명이 그런 질문을 쏟아냈다.

이런 산속까지 미군이 쳐들어오고 있는데 마을이 안전하겠어요? 절대 아니죠. 무리하게 도망치면 오히려 위험해요.

가쓰에이의 반론에 모두 입을 다물었다. 절망감에 사로잡혀 울음을 터뜨리는 여자도 나오기 시작했다.

미군에게 맞아 죽기 전에 자결하는 편이 낫겠어요.

불쑥 입을 뗀 건 시마부쿠로라는 마흔이 넘은 여자였다. 그녀의 말에 동조하는 사람들의 목소리가 겹쳐진다. 가쓰에이는 그런 의견이 나올 거라고 예상하고 있었다. 미군은 남자를 붙잡으면 고환과 눈알을 도려내고 갈기갈기 찢어 죽인다. 여자는 강간하고 가지고 놀다가 죽인다. 그러니 절대 미군의 포로가 돼서는 안 된다. 그렇게 일러준 것은 우군 병사만이 아니었다. 마을의 재향 군인들도 자신들이 중국 전선에서 했던 짓들을 털어놓으며 포로가 되면 얼마나 비참한지, 얼마나 처참한 일을 당하는지 이야기하곤 했다. 젊은 딸을 둔 집은 미군에게 강간당하고 희롱당하다 죽임을 당한다는 말에 크게 두려워하고 있었다.

가쓰에이는 내심 미군이 그런 짓을 할 리 없다, 그것은 포로가 되는 것을 막기 위해 우군이 괜한 말을 지어낸 것에 지나지 않는다고 생각했다. 하지만 가족들에게도 그 사실을 말하지 않았다. 그런 말을 하면 금방 소문이 퍼져 일본군에게 붙잡힐 게 분명하기 때문이다. 그러나 만약 미군에게 쫓겨 마지막에 모두 함께 죽자며 옥쇄를 외치는 사람이 나타날 시에는 자신의 의견을 말하고 마을 사람들이 스스로 목숨을 포기하는 일만큼은 막아야 한다고 줄곧 생각하고 있었다.

지금이 바로 그때라고 가쓰에이는 판단했다.

저는 하와이로 이민을 간 적이 있어요. 모두가 알고 있는 것처럼 말이죠. 미국이라는 나라는 기독교의 나라입니다. 함부로 사람을 죽이지 않아요. 그러니 걱정하지 마세요. 혹시 미군이 쳐들어오면 제가 영어로 설득해볼게요. 벌써부터 나쁜 생각을 하다니요. 자신의 목숨을 그렇게 간단히 버려서야 되겠습니까.

가쓰에이는 시간을 들여 정중하게 설득했다. 시마부쿠로 도미코를 비롯해 몇 명은 수긍하지 못하는 눈치였지만 그렇다고 가쓰에이를 반박할 힘도 없었다.

가쓰에이는 막상 닥쳤을 때 일을 그르치는 사람이 없기를 바란다고 당부하며 말을 마쳤다. 뭔가 수상한 움직임이 보이면 즉시 연락하라고 후미야스에게 이르고 그는 동굴 입구로 나가보았다. 밖을 살펴보니 함포 사격은 멈췄지만 전투기가 여럿 날아다니는 듯한 폭음이 들려왔다. 총성도 간헐적으로 들리기는 했으나 거리는 멀게 느껴졌다. 바위 그늘에서 나온 가쓰에이는 근처 덤불에서 2미터쯤 떨어진 곳에 있는 어린 나무를 꺾어 들고 서둘러 동굴로 향했다. 나무의 잔가지와 잎을 떼어내 막대기 모양으로 만든 다음 동굴 입구 근처에 놓아두었다. 삼십 분가량 그곳에서 멍하니 앉아 마음을 다스리다 동굴로 돌아왔다.

투항을 권유하는 목소리가 핸드마이크 너머로 들리기 시작한 것은 늦은 오후였다. 밖에서 사람들이 웅성거리는 것 같았다. 가쓰에이는 일어나 동요하는 사람들에게 침착하라고 지시했다.

안에 주민이 있나요? 있다면 모두 나오세요. 아무것도 지니지 말고 두 손을 머리 위로 올리고 나오세요.

일본어로 안내 목소리가 나와 모두 놀랐지만 가쓰에이는

이 목소리의 주인이 일본계 2세인 병사임에 틀림없다고 생각했다.

나와요. 걱정하지 말고 어서 나와요.

별안간 오키나와 말이 들려왔다. 가쓰에이도 놀랐다. 오키나와에서 이민 간 사람이 미군 쪽에 있는 것 같았다. 그 사실을 모두에게 알리며 안심시키고, 미군의 지시에 따르는 편이 좋겠다고 재차 설득했다. 후미야스는 불만이었지만 어른들은 모두 가쓰에이의 말을 따랐다. 여자나 노인, 아이들만으로는 끝까지 저항할 수도 없었고, 하와이에서 산 적이 있어 미국에 대해 잘 아는 가쓰에이의 말에 의지하는 것 외에 이제는 달리 방도가 없었기 때문이다. 가쓰에이는 앞장서서 동굴 입구로 나가 미리 준비해둔 막대기에 흰 천을 묶고 두 손을 들어 보이며 바위 그늘에서 나왔다. 동굴 앞에는 몇 미터 거리를 두고 핸드마이크를 든 병사가 서 있었고, 그 뒤로 스무 명 정도의 미군이 소총을 겨누고 있었다. 핸드마이크를 든 병사는 가쓰에이를 보고 안도하는 표정을 지었다. 그는 몸집이 작고 얼굴색이 까무잡잡한 오키나와 사람이었다. 가쓰에이는 그 젊은 남자를 향해 말했다.

저는 이민 귀환자로서 하와이에서 일한 적이 있는 아사토 가쓰에이라고 합니다. 여기 있는 사람들은 모두 오키나와 주민입니다. 일본군은 단 한 명도 없습니다.

핸드마이크를 든 병사는 고개를 끄덕이며 옆에 서 있는 백인 병사에게 무언가 이야기를 전했다. 장신의 백인 병사는 지휘관인 듯 가쓰에이에게 손짓을 보냈다. 가쓰에이는 백기를 들고 백인 병사 앞으로 나아가 이번에는 영어로 같은 말을 반복했다. 백인 병사는 고개를 끄덕이며 백기를 내리라고 하면서 주민들에게는 일절 해를 끼치지 않겠다고 말했다. 또 그는 안전한 장소로 이동했으면 좋겠으니 협조해 달라고 당부했다. 가쓰에이는 감사를 표하고 협력할 테니 핸드마이크를 빌려 달라고 부탁했다. 대장은 핸드마이크를 건네도록 지시했다. 젊은 오키나와 출신 병사에게서 핸드마이크를 받아 든 가쓰에이는 동굴 입구에서 모두를 향해 밖으로 나오라고 재촉했다. 주뼛주뼛 나온 주민들은 총을 겨누고 있는 미군을 보고 움츠러들었지만 가쓰에이가 괜찮다고 안심시키자 모두 동굴 밖으로 나왔다.

오키나와 출신 병사가 웃는 얼굴로 말했다.

저는 이웃 마을의 대장간 셋째 아들로 캘리포니아로 이민 간 노마 세이타로의 아늘 도마 프랭크라고 합니다.

그의 말을 듣고 안심한 사람도 있었지만 대부분은 경계심을 풀지 못한 채 굳은 표정으로 미군들을 지켜보고 있었다. 마지막 한 사람이 나오자 대장은 20미터쯤 떨어진 큰 나무 아래로 이동시키라고 도마에게 명령했다. 도마가 이끄는 대로 주민들이 이동하자 대장은 병사들로 하여금 동굴 내부를 조사하게 했다.

남은 병사들은 주민들 주위를 에워쌌다. 그리고 총을 내린 뒤 휴대 식량을 주민들에게 나눠주었다. 주민들이 먹으려 하지 않자 도마가 먼저 통조림 하나를 열어 먹어 보였다. 가쓰에이가 도마를 따라 먹으며 다른 사람들에게도 권했다. 후미야스는 아버지가 건네준 통조림을 들고 속에 있는 고기를 집어 먹어보았다. 처음에는 어쩐지 매운맛이 나는 것 같았는데 씹다 보니 고기 맛이 점차 혀에 스미는 것 같다. 맛있다고 느끼는 자신에게 갑자기 화가 났다. 미군들은 주위를 경계하며 휴대 식량을 먹고 있는 주민들을 바라보고 있었다. 몇몇 병사들은 웃고 있었지만 후미야스는 미군의 시선에 모멸감을 느끼며 가슴속으로 적개심을 불태우고 있었다. 동굴 내부 조사를 마치자 미군들은 주민들을 에워싸다시피 해 산기슭을 향해 걷기 시작했다.

산기슭에는 대형 트럭과 소형 차량이 대기하고 있었다. 후미야스 일행은 트럭 짐칸에 실려 얼마 전까지 우군 본부였던 국민학교로 옮겨졌다. 지금은 미군이 본부로 사용하고 있는지 교정에 트럭과 지프 수십 대가 줄 지어 서 있었다. 주민들은 그것만으로도 압도되는 것 같았다. 짙은 녹색의 천막 여러 개가 보이고 그 옆으로 나무 상자와 포탄이 수북이 쌓여 있었다. 트럭에서 내린 후미야스 일행이 일렬로 서자 머리에 흰 가루가 쏟아졌다. 미군 두 명이 주민 한 명 한 명 앞으로 다가가 무언가 기록하기 시작했다. 이 절차를 끝낸 사람들은 교정 한쪽 구석에 모여 대기하고 있어야 했다. 가쓰에이가 대표로 불려 가 도마와 백인 대장에게 설명을 들었다. 주민들은 각자 집으로 돌아가도 좋으나 허락 없이 이 마을에서 나가서는 안 된다. 마음대로 이동하다 발각되면 사살될 가능성이 있다. 식량은 기본적으로 스스로 조달한다. 설명을 마치자 대장은 자리를 떠났고 도마만 남게 됐다. 가쓰에이는 도마와 함께 불안한 나머지 경직돼 있는 사람들에게 대장의 말을 그대로 전했다. 살해당하는 것은 아닌지, 또 어딘가에 갇히는 건 아닌지 겁에 질린 주민들은 정말 집으로 돌아가도 되는지 거듭 확인했다. 가쓰에이는 미군의 지시에 따르는 것은 물론 이런 처사를 감사하게 여기자고 말했다. 도마를 의식한 말이었다. 도마의 인도에 따라 보초가 서 있는 교정까지 나와 가쓰에이 일행은 단체로 마을로 돌아왔다.

마을에는 불탄 집이 절반, 그대로 남아 있는 집이 절반이었다. 집을 잃은 가족들은 겨우 남은 방 한 칸과 축사에서 지내며 비와 이슬을 피했다. 다음 날부터 주민들은 미군의 움직임을 지켜보며 대충 임기응변으로 일상을 이어나갔다. 미군은 낮에는 지프를 타고 마을을 돌며 순찰하다 저녁이 되면 캠프로 철수했다. 우군은 산간 지역에 숨어 있었고 미군은 소탕전을 벌이고 있었다. 전투는 산간 지역에 한정돼 있었기 때문에 마을 안은 비교적 안전했다. 전쟁이 벌어지는 곳은 섬의 중남부였고 북부에 배치된 일본군은 소규모였기 때문에 4월 하순이 되자 산간 지역의 총성도 뜸해졌다. 우군은 미군이 마을에 버티고 있는 낮에는 산속에 숨어 있다 밤이 되면 마을로 내려와 주민들에게 식량을 요구했다. 가족들이 먹을 것도 제대로 없던 터였기에 식량을 내주기가 꺼려졌지만, 머뭇거리기라도 하면 식량을 강제로 빼앗아 가고 만다.

그렇게 으스대더니 미군과 싸워보지도 못하고 도망 다니며 우리들의 식량이나 축내는군.

그런 불만이 주민들 사이에서 터져 나왔지만 총칼을 든 병사들의 요구를 차마 거부할 수 없었다. 뒤에서는 패잔병이라 부르며 욕해도 밤이 돼 실제로 찾아오면 마을 사람들은 아무 말도 하지 못했다.

가쓰에이의 집에도 매일 밤 일본군이 찾아왔다. 그들의 목적은 단순히 식량이 아니었다. 그들은 가쓰에이를 찾고 있었다. 위험을 감지한 가쓰에이는 밤에는 집을 떠나 숲이나 해안 동굴에서 지냈다.

미군 대장의 신뢰를 얻은 가쓰에이는 도마와 함께 다니며 동굴에 숨어 있는 주민들에게 항복을 권유하는 일을 돕고 있었다. 미군이 주민들에게 식량을 배급할 때나 옷 세탁을 맡길 때도 가쓰에이가 중간에서 주선자 역할을 했다. 촌장들과 구장들도 영어를 잘하는 가쓰에이를 믿고 있었다. 그런 만큼 낮에는 미군의 지프를 타고 마을과 산속을 누비고 다니는 일이 많았다.

그런 가쓰에이의 행동 하나하나는 빠짐없이 산속의 일본군에게 전해졌다. 주민들 중에는 일본군에게 정보를 제공하는 사람들이 있었는데, 그 가운데에는 미군에게 좋은 대접을 받으며 식량과 물자를 넉넉히 얻어 쓰는 가쓰에이를 시기하고 미워하는 사람도 있었다. 가쓰에이는 그런 사정을 이미 알고 있었다. 미군이 사라지는 야간에 일본군이 움직이기 시작하리라는 것도 예측하고 있었다. 미군에게 얻은 식량은 낮에만 집으로 가져갔고, 가족들에게도 연신 주의를 당부했다. 야간에는 가족들에게조차 자신의 거처를 알리지 않았고 같은 장소에서 연속으로 머물지 않을 정도로 그는 조심하고 또 조심했다.

그럼에도 불구하고 마을에서 2킬로미터가량 떨어진 모래사장에서 가쓰에이의 시신이 발견된 것은 5월 10일의 일이었다. 이른 아침에 연락을 받은 후미야스는 해변으로 달려 나갔다. 아키코를 업은 후미보다 훨씬 더 빨리 해변에 도착한 그가 사람들 사이를 비집고 들어가 보니, 해변 서쪽 끝에 있는 큰 바위 그늘에 가쓰에이가 엎드려 있었다. 큰 상처가 난 목에는 파리 떼가 검게 무리지어 있었다. 두 팔은 뒷짐이 지어져 새끼줄에 묶여 있고 벌거벗은 하체의 엉덩이와 허벅지는 거무스름하게 부어올라 있었다. 옆에 나뒹굴고 있는 통나무로 호되게 얻어맞은 듯했고 마지막엔 무릎을 꿇리고 뒤에서 목이 베인 것 같았다. 목은 완전히 잘리지 않은 상태였고 뒤통수가 발에 짓밟혔는지 얼굴이 모래에 처박혀 있었다. 등과 옆구리에도 여러 군데 총검에 찔린 상처가 나 있었으며 거기에도 역시 파리가 들끓고 있었다.

다른 마을 사람들과 마찬가지로 후미야스도 우두커니 선 채 움직이지도 목소리를 내지도 못했다.

침묵을 깬 건 후미였다. 고함을 지르며 모래사장으로 달려오는 후미가 보이자 무리지어 있던 마을 사람들이 길을 터주었다. 후미는 아키코를 등에 업은 채 가쓰에이에게 매달렸다. 무수한 파리 떼가 소리 내며 날아올랐고 겁에 질린 아키코가 울음을 터뜨렸다. 후미야스는 달려가 후미가 매고 있는 포대기를 풀어 내리고 아키코를 껴안았다. 후미야스의 얼굴과 팔, 머리에 파리가 앉는다. 그는 고개를 흔들며 뒷걸음질 쳤다. 후미는 파리가 들러붙는 것도 개의치 않고 모래 속에서 가쓰에이의 머리를 꺼내 손바닥으로 얼굴에 묻은 모래를 털어냈다. 남자 둘이 황급히 후미 곁으로 다가가 가쓰에이의 손과 발에 묶인 끈을 풀고 가쓰에이의 몸을 반듯이 눕혔다. 후미가 두 손으로 들고 있던 가쓰에이의 얼굴이 목과 어긋나는 순간, 걸쭉해진 피가 비린내를 풍기며 모래 위로 떨어졌다. 후미는 머리를 바닥에 내려놓고 손바닥으로 정성스럽게 얼굴을 닦아냈다. 후미의 눈에서 떨어진 눈물이 가쓰에이의 얼굴을 적셨다. 마치 그 눈물로 씻어내듯이 가쓰에이의 얼굴을 쓰다듬는다. 고통으로 일그러진 남편의 얼굴을 온화한 표정으로 바꾸려는 듯이. 후미야스에게는 그렇게 보였다.

마을 남자들이 마루 판자에 가쓰에이의 시신을 싣고 집으로 옮기려 할 때였다. 두 대의 지프에 나누어 타고 온 미군 여러 명이 빠른 걸음으로 해변으로 다가왔다. 가장 앞에 서 있는 사람은 통역 도마였다. 그의 뒤에는 카메라를 든 미군이 서 있었고 그 너머로 인상을 찌푸린 대장의 모습도 보였다. 소총을 든 네 명의 병사가 호위하고 있었다. 후미와 아키코를 등에 업은 후미야스를 제외한 사람들이 한발 물러나 멀리서 지켜보는 가운데 미군들은 가쓰에이의 시신을 살폈다. 카메라맨이 위치를 바꿔 가며 사진을 찍는 사이 대장은 쭈그리고 앉아 가쓰에이의 목에 난 상처를 확인하더니 도마에게 무언가를 묻는 듯했다. 누가 한 짓이냐, 도마가 통역하며 모두에게 물었다. 대답하는 사람이 없었다. 말하지 않아도 알 수 있는 일이었지만, 혹여 미군에게 협조한 것으로 비칠까 두려워하는 눈치였다. 일본군에게 정보를 제공하는 자가 이 자리에 있을지도 몰랐다.

일본 놈들.

대장은 내뱉듯이 말하고서 일어나 지프 쪽으로 걸어갔다. 미군들이 떠나자 마을 남자들은 마루 판자의 네 귀퉁이를 들고 가쓰에이의 시신을 집으로 옮겼다.

그날 우군에게 살해당한 것은 가쓰에이만이 아니었다. 마을 사무소에서 병무 주임을 맡고 있던 가요와 그의 동생도 밤에 집 밖으로 끌려 나가 고구마밭에서 참살당했다. 이틀 뒤 방위대에서 집으로 돌아가던 오시로라는 교원도 심야에 우군에게 끌려가 총검에 찔려 살해당했다. 우군은 스파이로 의심되는 사람들의 명단을 만들어서는 닥치는 대로 잡아들여 심문하고 죽인다. 그런 이야기가 퍼지면서 마을의 대들보 역할을 하던 남자들은 밤이 되면 집에서 나와 도망을 다녔다.

낮에는 산속에 숨어 지내다 밤이 되면 출몰하는 일본군들 때문에 미군도 골치가 아픈 듯했다. 5월 하순이 되자, 미군은 주민들을 모두 섬 반대편 해안 근처에 조성된 수용소로 강제 이동시켰다. 후미야스네도 가져갈 수 있을 만큼의 식량과 생활용품을 챙겨 수용소로 들어갔다. 각 마을에 할당된 텐트에서 이들의 생활이 시작됐다. 배급 식량이 모자라 바다에 나가 조개와 생선을 잡는 날이 이어졌다. 그렇게 간신히 굶주림을 이겨내고 있었지만 다른 집에서는 남자들이 미군 물자를 훔쳐 전과를 올렸다고 자랑하는 일도 있었다. 아버지 생각을 하면 후미야스는 억장이 무너지는 것 같았다. 가쓰에이와 가요 형제, 그리고 오시로를 죽인 것은 아카자키 대장이라는 이야기가 파다했다. 아카자키가 가요 형제의 목을 직접 칼로 베는 것을 목격했다는 사람도 있었다. 일본도를 높이 쳐들어 아버지의 목을 내리치는 아카자키의 모습이 눈앞에 선히 떠올라, 후미야스는 고함을 내지를 뻔한 충동을 몇 번이나 참았는지 모른다. 한밤중에 텐트에서 잘 때도, 아니 낮에도 혼자 있노라면 갑자기 눈물이 쏟아지기 일쑤였고, 그럴 때면 아빠, 아버지 하고 불러보곤 했다.

마침내 전쟁이 끝났다. 주민들은 마을로 돌아갔다. 그때부터 그들은 생존을 위해 필사적으로 몸부림쳐야 했다. 전후 새로운 제도에 따라 초중등학교가 마련됐지만 학교에 다닐 수 있는 형편은 못 됐다. 어머니 혼자 힘으로 자신을 고등학교까지 보내기 힘들다는 건 후미야스도 알고 있었다. 사실 학업을 한참 쉬어버린 데다 수업 진도도 따라가지 못했으며 의욕도 없었다. 중학교를 졸업하자마자 생업에 뛰어든 그는 건설업을 전전하며 마련한 돈을 집으로 보내 간신히 아키코를 고등학교까지 보냈다. 그것이 아버지를 위해 할 수 있는 최고의 효도 같았다. 아키코가 고등학교를 졸업했을 때는 후미야스도 기뻐서 어쩔 줄 몰랐다.

그 후 가정을 꾸리고 네 아이를 키우느라 정신없이 지낸 탓에 아카자키라는 존재는 잊고 지냈다. 마지막으로 아카자키의 이야기를 들은 것은 중학생 때였다. 산에서 내려와 미군에게 투항했을 때, 다른 병사들은 비쩍 말라 있었지만 아카자키만은 혼자 피둥피둥 살이 쪄 있었고 위안부 여자도 거느리고 있었다고 한다. 미군의 포로가 되느니 차라리 죽으라고 명령하던 그가 자결 대신 미군의 포로가 돼 나타났을 땐 누구나 다 크게 힐난했다. 아버지를 죽인 그에게 원한이 남아 있던 후미야스는 자기 손으로 죽이고 싶다는 생각마저 들 정도였다. 하지만 그러한 감정도 하루하루 생활에 쫓기면서 점차 희미해져 갔다.


아카자키의 일은 기억의 밑바닥에 가라앉은 채로 오랜 세월이 흘러갔다. 투항한 뒤 미군 수용소에 들어갔다 본토로 귀환했을 거라고 생각했지만 그가 어디 출신이며 또 이디에 사는지는 알 길이 없었다. 한이 맺혀 있다 한들 본토로 건너가 찾아다닐 수도 없는 노릇이었다. 미군의 통치하에 있던 오키나와는 1972년 본토로 복귀하는 날까지 27년간 여권이 없으면 본토에 갈 수도 없었다. 어머니를 혼자 남겨두고 본토에서 취업할 엄두도 나지 않았던 후미야스는 나하 시와 고자 시에서 수년간 일한 것 외에는 고향 마을을 떠나본 적이 없었다.

자녀들의 학자금을 벌기 위해 그가 본토로 간 것은 쉰 살이 넘은 뒤였다. 건설 현장과 공장을 전전하기는 했지만 처음 일하러 온 땅에서 아카자키를 만날 줄은 몰랐다.

아카자키가 선술집에 들르는 것은 대개 화요일과 금요일이었다. 그가 오는 요일에 맞춰 가게에 드나들며 카운터 가장자리에 앉아 아카자키의 대화에 귀를 기울였다. 가게 주인이나 안면이 있는 손님들과 이야기하는 내용은 대부분 아이들을 대상으로 하는 검도 교실에 관한 것이었다. 손자 이야기를 하며 즐거워하는 모습은 일흔 전후의 여느 할아버지와 똑같았다. 체격이 좋고 쾌활한 성미의 이 노인이 아버지를 비롯해 마을 남자 여럿을 칼로 베어 죽인 인물이라는 것을 웬만한 사람들은 상상도 못 할 일이다.

일하는 동안에도, 아파트에 돌아와 텔레비전을 보고 있을 때도, 다른 술집에서 술을 마실 때도 아카자키가 머릿속에서 떠나지 않았다. 직접 이야기를 꺼내 진상을 따지고 사과를 요구할까, 그럼 아카자키는 어떤 반응을 보일까, 여러 상황을 상상해보았다. 사과할 것인지, 화를 낼 것인지, 시치미를 뗄 것인지, 무시할 것인지 각각의 반응에 따라 자신은 어떻게 대응해야 할지 대책도 고민해보았다. 수십 번을 생각해봤지만 실제로 말을 걸지는 못했다.

선술집을 나온 아카자키가 3백 미터쯤 떨어진 집으로 걸어서 귀가하는 것을 확인했다. 집으로 가는 그를 두어 번 지켜본 적도 있었다. 뒤따라 가게에서 나와 말을 걸려고 한 적도 대여섯 번 있다. 하지만 한 발짝도 더 내딛지 못했다. 벌써 9월도 다 지나가고 있다. 반년 계약을 맺은 회사 일은 10월 말이면 끝난다.

후미야스는 초조해졌다. 아카자키의 이야기를 여러 차례 엿듣다 보니 문득 모든 것이 소용없는 일 같았다. 40년 이상 지난 지금, 이제 와 아카자키의 잘못을 따진들 무슨 의미가 있을까. 아카자키에게 사죄 받는다 해도 아버지가 다시 살아나는 것도 아니고, 자신의 인생을 다시 시작할 수 있는 것도 아니다. 이야기를 들어보면 아카자키는 이 지역 사람들에게 제법 신뢰받는 인물인 것 같았다. 과거를 폭로해 그의 이미지를 실추시킬 생각도 없었다. 그렇게 아카자키의 삶을 어지럽힌들 뒷맛만 나빠질 뿐이었다.

그렇다고 아카자키에게 아무 말도 하지 않고 그냥 오키나와로 돌아가는 것도 마음에 걸렸다. 자신이 너무나도 소심하고 비굴한 인물임을 자인하는 것 같았기 때문이다. 그때 아카자키의 손에 죽지 않았다면 아버지와 다른 마을 사람들도 지금의 아카자키와 같이 행복한 일상을 누렸을 것이다. 그들에게서 모든 것을 빼앗고 가족에게 고통을 준 아카자키가 아무 일도 없었다는 듯이 행복하게 살아도 되는 걸까. 그런 생각을 하면 분노가 끓어오른다. 적어도 한마디라도 사과를 받는다면, 그를 완전히 용서하지는 못한다 해도 앞으로 마음이 조금은 편해질 것 같았다. 만약 잘못을 묻지 않고 끝내버린다면 평생 후회하게 될 게 분명했다.

10월 들어 첫 금요일을 맞이한 날, 후미야스는 퇴근 후에 샤워를 하고 아파트에서 나와 전철을 타고 술집으로 향했다. 아카자키는 삼십 분 정도 늦게 가게에 들어왔다. 여느 때처럼 생맥주 두 잔과 아와모리 1홉을 마시며 아카자키의 대화에 귀를 기울이고 있었다. 그리고 아카자키가 가게를 나설 때, 후미야스도 술값을 계산하고 뒤따라 가게에서 나왔다.

아카자키는 오른손에 지팡이를 들고 플라타너스 가로수가 심어진 보도를 따라 집을 향해 천천히 걷고 있었다. 가게에서 2백 미터쯤 지나니 공원이 보였다. 이곳은 인적이 뜸하다. 공원 입구 부근에서 말을 걸자고 그는 미리 생각해두었다. 그런데 아카자키가 갑자기 뒤로 돌아섰다.

자네, 전에도 몇 번이나 내 뒤를 밟았지?

아카자키의 말은 예상 밖이었다.

오키나와 사람 같은데 대체 무슨 일이지?

가게에서는 쾌활하고 정중한 태도를 보였던 그인데 지금은 반말에다 이쪽을 깔보는 표정이다. 후미야스는 반발심이 일었다.

아카자키 씨, 저는 오키나와 본섬 북부에 사는 사람입니다. 전쟁 중에 당신이 대장으로 있던 해군 부대가 머문 그 마을 출신이죠. 아카자키 씨, 마을 해변에서 당신이 칼로 목을 베어 죽인 남자를 기억하고 있습니까? 아사토 가쓰에이, 그분이 바로 내 아버지입니다.

마주 서서 보니 아카자키는 후미야스보다 10센티미터가

량 키가 컸고 등을 똑바로 편 자세는 옛날 그대로였다. 그는 날카로운 눈매로 후미야스의 얼굴부터 발끝까지 훑어봤다.

아, 하와이에서 돌아왔다던 그 남자 말이군.

후미야스의 가슴에 차갑고 날카로운 것이 꽂힌 듯 숨이 막혔다. 그렇게까지 기억하고 있을 줄은 상상도 못 했다.

그때 자네는 어린애여서 몰랐겠지만, 그 남자는, 그래 자네 아버지는 미군 스파이였어.

아카자키의 어조는 딱딱하고 날카롭고 거리낌이 없었다. 갑작스러운 반격에 후미야스는 당황했다.

그렇지 않아요. 그건 억울한 누명이라고요.

반격을 당한 후미야스의 목소리가 높아졌다. 아카자키는 가르치고 타이르듯 말했다.

너희들은 아무것도 몰라. 미군은 하와이나 캘리포니아같이 미국에서 산 적이 있는 오키나와 사람들을 스파이로 삼아 우리 군의 정보를 입수하곤 했어. 그렇지 않고서야 어떻게 그렇게나 정확히 우리 진지나 방공호를 공격할 수 있었겠어. 진지 구축에 동원된 자들 가운데 내부 사정을 은밀히 누설한 스파이가 분명히 있었다고.

그렇다고 우리 아버지가 스파이라는 증거가 어디 있습니

까?

후미야스를 내려다보는 아카자키의 볼에 난 상처가 일그러지고 외등 불빛에 그림자가 드리워졌다.

자네 아버지는 솔선수범해서 미군에 협조했잖아. 주민들에게 투항하라고 알리고 다니며 온종일 미군과 행동을 같이했지. 그게 스파이가 아니면 도대체 뭐야. 공공연한 미군 협력자. 전쟁 중에 적군에게 협조해놓고 아무런 처벌도 받지 않고 살아남을 생각을 하는 게 이상한 거지.

아카자키의 말은 침착하고 명료했다. 후미야스는 아카자키를 노려볼 뿐 말을 잇지 못했다.

전쟁터에서 적군에게 협력하는 자를 용서한다면 내 부하들은 어떻게 되겠어? 전멸하는 거야. 부하를 지키기 위해서라도 적에게 협조하는 자, 스파이는 처단해야 하는 법. 나는 당연한 일을 했을 뿐이야.

아카자키는 의기양양하게 말했다. 이 남자는 줄곧 자신에게 그렇게 이르면서 자신의 행위를 정당화해온 것이다. 후미야스는 그렇게 생각했다.

아카자키 씨, 당신은 그런 식으로 자신이 한 일을 정당화하고 있지만 결국 미군에게 져서 도망친 책임을 아버지나 마을 사람들에게 떠넘기고 있을 뿐이에요. 오키나와 사람들이 스파이이건 아니건 당신들은 애초에 미군에게 상대가 되지 않았다고요. 이제는 진실을 말할 수 있을 텐데요. 마을 사람들에게는 만일의 경우가 생기면 군과 함께 옥쇄하라고 하면서도 당신들은 자결하지도 않고 도망쳐 미군에 투항했잖아요.

아카자키는 애써 무표정한 척했지만 지팡이를 든 손은 떨리고 있었다.

마을에 스파이 따위는 없었어요. 당신들의 무력함을 인정하지 않으려고 제멋대로 그렇게 믿고 누명을 씌워 아버지와 마을 사람들을 죽인 것뿐이었죠. 스파이? 부끄러운 줄 알아요.

후미야스는 평소에는 본토인과 이야기하는 것이 서툰 자신이 이렇게나 막힘없이 말하고 있는 게 스스로도 놀라웠다. 아카자키는 옅은 웃음을 지으며 후미야스를 바라보고 있었지만 이마에는 땀이 맺혀 있었다.

너희들이 뭘 알겠어. 오키나와를 지키기 위해 얼마나 많은 병사들이 죽었는지 알기나 해?

아카자키가 내뱉듯이 말했다. 그 말투에 후미야스의 목

소리도 거칠어졌다.

죽은 게 어디 군인뿐입니까. 말 돌리지 말아요. 당신은 마을 사람들을 지키기는커녕 죽여 버렸어요. 마을 사람들은 당신들을 우군이라 부르며 의지하고 최선을 다해 협조했는데 말이죠. 그렇게 잔인하게 죽이고서 미안하지도 않아요?

자전거를 탄 젊은 여성이 길거리 한가운데서 서로를 노려보고 있는 두 사람을 불안한 듯이 쳐다보고 지나갔다. 그 모습을 본 아카자키는 침착함을 잃고 말았다. 그 여성과 아는 사이였는지 주위를 둘러보며 사람이 없는 것을 확인한 그는 목소리를 낮추며 말했다.

군인의 임무는 주민을 지키는 게 아니라 나라를 지키는 거야. 그때 모두 나라를 지키기 위해 안간힘을 썼다고. 대체 네가 뭘 알겠어.

그렇게 말하고 자리를 뜨려는 아카자키의 어깨를 잡으려 할 때였다. 아카자키는 뒤돌아보며 지팡이로 후미야스의 상체를 겨누려 했다. 후미야스는 오른손으로 머리를 감싸 안았다.

더 이상 할 말 없으니 돌아가. 다시는 오지 마.

다가가면 정말로 내려칠 기세였다. 날카로운 눈으로 노려보고 있는 아카자키의 모습이 후미야스에게는 허세를 부리는 것으로밖에 보이지 않았다. 그는 자신을 지키는 데 필사적이었던 것이다. 더 이상 의미가 없었다. 피로가 몰려왔다.

후미야스가 한발 물러서자 아카자키는 천천히 지팡이를 내리며 후미야스를 노려보다 발길을 돌렸다. 모퉁이를 돌아 빠른 걸음으로 사라지는 아카자키의 뒷모습이 더 이상 보이지 않게 되자 후미야스도 역을 향해 걷기 시작했다.


일을 마치고 아파트로 돌아와 샤워를 하고 식사를 끝내면 극심한 피로감에 사로잡혀 곧장 잠자리에 드는 날이 수일간 이어졌다. 일하는 도중에도 아카자키와 한 대화가 떠올라 분노와 억울함이 북받치곤 했다. 생각하면 할수록 아카자키의 건방진 변명에 화가 치밀고 이대로 끝내서는 안 된다는 생각이 들었다. 하지만 더 이상 이야기해봤자 같은 말만 주고받을 뿐 아무것도 얻을 수 없을 거라는 허무한 마음도 들었다.

망설이는 사이에 10월도 중반에 이르렀다. 화요일 저녁 후미야스는 지친 몸을 이끌고 전철을 타고서 역 근처의 술집 문을 열었다. 그때까지 시끌벅적하던 손님들의 대화가 갑자기 끊긴 것 같았다. 평소에는 어서 오세요, 하고 상냥하게 말을 거는 가게 주인이 후미야스를 보고도 고개를 돌렸다. 아카자키의 모습은 보이지 않았지만 카운터에 앉아 있던 손님 세 명도 거북한 듯 입을 닫았다. 가게 안쪽에서 나온 여주인이 후미야스에게 눈짓으로 신호를 보내며 문을 열고 밖으로 나간다.

가게 입구 앞에서 여주인은 후미야스에게 더 이상 가게에 오지 말라고 미안해하며 말했다. 그렇다고 오키나와 사람을 차별하는 것은 아니니 오해하지 않았으면 좋겠어요. 오키나와 사람은 환영이지만 우리 가게 손님과 문제를 일으켜서는 곤란해요. 그래서 가게에 대한 소문이 나빠지면 장사를 못하게 되니까요. 단골손님과는 앞으로도 좋은 관계로 지내고 싶거든요. 우리 사정도 좀 헤아려줬으면 좋겠네요. 여주인은 그렇게 말하고 몇 번이나 고개를 숙였다. 후미야스는 자신이 잘못한 것 같은 기분이 들었다.

늘 맛있게 먹었습니다. 감사합니다.

후미야스는 다시는 오지 않겠다고 약속했다. 가게 앞을 떠나 역으로 돌아와 표를 사려고 했지만 아카자키의 더러운 수법에 분노가 가라앉지 않았다. 길 건너편 찻집으로 들어가 창문 너머로 술집 출입구를 지켜보았다. 평소 가게를 들르는 시간보다 한 시간도 더 지났지만 아카자키는 나타나지 않았다. 자신의 행동이 우습게 여겨진 후미야스는 찻집을 나섰다. 역에서 표를 사고 전철을 타고 돌아오는 동안 온몸이 나른해져 서 있기도 힘들었다.

여주인이 한 말은 생각보다 마음에 큰 상처가 됐다. 다른 술집도 아니고 자신이 가장 친밀감을 느꼈던 가게에서 부담스러운 존재가 됐다는 게 매우 씁쓸했다. 여기서는 외지인인데, 더 이상 아카자키를 추궁하면 무슨 봉변을 당할지 모른다는 생각이 스쳤다. 하지만 다른 한편으로 생각하면 궁지에 몰린 건 바로 후미야스 자신이었다. 그는 이렇게 아카자키의 술수에 당하고 있는 상황이 불쾌했다.

사흘 뒤 금요일, 그리고 그다음 주 화요일과 금요일, 제대로 오기가 난 후미야스는 길 건너편 찻집에서 술집 상황을 살폈다. 그러나 아카자키의 모습은 보이지 않았다. 다른 요일에도 가봤지만 아카자키는 조심스러운지 술집 출입을 피하고 있는 것 같았다.

그러다 10월 하순이 됐다. 회사의 임시 고용 기간이 끝나 오키나와로 돌아갈 날이 점점 다가오고 있었다. 술집 카운터에서 아카자키가 손자를 데리고 산책 다니는 것이 정말 즐겁다고 말한 것을 후미야스는 문득 떠올렸다. 선선해진 저녁에 공원에서 놀게 하면 밤에 일찍 잠자리에 들기 때문에 딸도 좋아한다고 말했었다. 삼대가 같이 사는구나 하고 생각했던 기억도 되살아났다.

아카자키의 과거를 가족에게 알릴 생각은 없었다. 오히려 그것만은 피하고 싶었다. 그러나 후미야스에게는 이제 그 기회를 노릴 수밖에 없었다. 다음 주에는 오키나와로 돌아가야 한다. 그전 금요일, 후미야스는 오전에 조퇴해 이웃 마을로 가 공원 나무숲의 눈에 띄지 않는 곳에서 아카자키의 모습이 보이기를 기다렸다.

공원의 은행나무에 단풍이 들고 구름 한 점 없는 푸른 하늘에는 황금빛이 비치고 있었다. 오키나와에서는 볼 수 없는 풍경이었다. 잎이 다 떨어진 나뭇가지의 가느다란 끝자락이 푸른 하늘에 선명히 떠오른다. 아름드리 은행나무 아래에 서서 후미야스는 노란 줄기를 올려다보며 하늘을 바라보았다. 바다로 둘러싸인 오키나와는 구름이 드리우는 날이 많았다. 구름 한 점 없는 푸른 하늘은 맑고 아름다웠지만, 한편으로는 섬 그림자 하나 보이지 않는 망망한 바다 한가운데로 내던져진 것 같은 불안함이 느껴지기도 했다. 늘 구름이 피어오르는 오키나와의 하늘이 그리웠다.

오후 5시 반이 됐을 무렵, 공원 입구에서 다섯 살쯤 된 남자아이의 손을 잡은 아카자키의 모습이 보였다. 남자아이는 아카자키의 손을 뿌리치고 웃음소리를 내지르며 미끄럼틀 쪽으로 달려간다. 그 뒤를 쫓는 아카자키가 보인다. 지팡이를 짚고 있지만 발걸음은 가벼워 보인다. 지팡이는 호신용이었다. 아이가 계단을 오르는 것을 옆에서 지켜보고 미끄럼틀을 내려올 때면 모래밭 쪽으로 돌아가 웃으며 칭찬해준다. 아카자키가 아니라면 미소가 지어지는 장면이다.

아이가 세 번 미끄럼틀을 탔을 때 후미야스는 은행나무 아래에서 나와 두 사람 쪽으로 걸어갔다. 아이는 미끄럼틀을 좋아하는 듯 모래밭에 엉덩방아를 찧고 난 다음 서둘러 계단 쪽으로 뛰어간다. 아이에게 말을 걸며 계단 옆으로 다가가던 아카자키가 후미야스를 알아보았다. 사오 미터 정도 거리를 두고 후미야스는 멈춰 섰다. 지난번에 그토록 뻔뻔했던 아카자키가 분명 동요하고 있었다.

위험하니까 천천히 올라가거라.

아이에게 말하며 후미야스를 무시하려 했다. 아이가 미

끄럼틀에서 내려오자 엉덩이를 두드리며 오늘은 그만 돌아 갈까 하고 손자의 작은 손을 잡았다.

더 놀 거예요. 이번에는 그네를 탈 거야.

남자아이는 손을 뿌리치더니 그네 쪽으로 달려간다. 어쩔 수 없다는 표정으로 아이 뒤를 따르려는 아카자키에게 후미야스가 말을 걸었다.

아카자키 씨, 잠깐이면 됩니다. 이야기 좀 하시죠.

아카자키는 언짢은 듯 후미야스를 바라보았다.

자네와 할 이야기 없으니 돌아가.

아카자키 씨, 손자가 귀여우시죠? 우리 아버지도 손자 얼굴을 보고 싶었을 겁니다.

대답 없이 그네 쪽으로 걸어가기 시작하는 아카자키의 뒤통수에 대고 후미야스가 말했다.

아버지뿐만이 아니죠. 당신에게 살해당한 다른 사람들도 지금의 당신처럼 손자와 놀고 싶었을 겁니다.

후미야스의 목소리가 커지자 그네를 타려던 사내아이가 놀란 얼굴로 이쪽을 쳐다보았다.

아이 앞에서 뭐 하는 짓이야. 닥쳐.

아카자키는 뒤를 돌아보며 목소리를 죽여 말했지만 볼의

상처는 일그러져 있었다.

아카자키 씨, 나는 그저 당신에게 사과 한마디만 듣고 싶을 뿐입니다. 그것뿐이라고요.

후미야스는 천천히 다가갔다.

아이가 보고 있으니 그 입 다물라고 했어.

아카자키는 얼굴은 물론이고 목덜미까지 붉어지고 숨도 거칠어지고 있었다. 등 뒤에서 지켜보던 남자아이는 울상이 됐다.

상식이라곤 없지. 그래서 안 되는 거야, 너 같은 오키나와 사람들은.

순간 후미야스는 눈앞의 광경이 요동치는 것처럼 보였다. 치밀어 오르는 분노를 어떻게든 억누르려 애썼지만 더 이상 무슨 말이든 들으면 폭력 충동을 억제할 수 없을 것 같았다. 후미야스의 그런 눈을 보고서 아카자키는 오른손 지팡이로 후미야스의 하체를 겨누었다.

아카자키 씨, 그런 말투는…….

후미야스의 말을 가로막은 건 여자의 목소리였다.

이보세요, 뭐 하는 짓이에요.

갑작스러운 상황에 놀란 후미야스는 뒤를 돌아보았다. 삼십 대 중반으로 보이는 여자가 재빠르게 이쪽으로 걸어온다. 후미야스를 노려보며 지나쳐 간 그녀는 그네 옆에 서 있는 남자아이를 번쩍 들어 올렸다. 사내아이는 금방이라도 울음을 터트릴 것처럼 얼굴을 찡그렸지만 여자가 등을 쓰다듬자 어떻게든 참아내고 여자의 가슴에 얼굴을 파묻었다.

아빠, 괜찮으세요?

아카자키 옆에 와서 여자가 말을 걸었다. 그 말을 듣기 전부터 얼굴과 몸집을 보고 아카자키의 딸일 거라고 후미야스는 짐작했다.

바로 당신이군요, 아버지 뒤를 따라다닌다는 사람이.

어리둥절해하는 후미야스에게 여자가 다그쳤다.

아버지에게 이런저런 트집을 잡으며 협박하는 것 같은데, 한 번 더 이러면 경찰을 부를 거예요. 당신이 어디서 일하고 있는지도 조사해두었어요. 회사에도 알릴 겁니다.

기세등등한 여자에 비해 아카자키의 모습은 완전히 그 반대였다. 불쾌한 듯한 표정이었지만 기운이 빠진 데다 노쇠한 티가 났으며 자세마저도 구부정했다. 딸에게 동정을 사거나 딸의 감정을 자극하기 위해 일부러 연기를 하는 줄 알았는데 그렇지도 않은 것 같았다. 후미야스가 시선을 보내도 고개를 숙이고 앞을 바라보려 하지 않는다. 어느 날 밤에 공원 앞에서 말다툼을 벌였을 때와는 전혀 다른 모습이다.

오키나와 사람인 것 같은데, 아버지는 전쟁 중에 오키나와에서 현민들을 위해 최선을 다하셨어요. 그게 왜 당신 같은 사람에게 빌미가 돼 이렇게 트집을 잡혀야 하나요?

아카자키가 딸에게 어떻게 설명했는지 묻고 싶었다. 아카자키가 마을에서 벌인 일까지 죄다 털어놓았을까 하는 생각도 들었다. 하지만 그렇게 하면 엄마에게 매달려 있는 남자아이에게까지 상처를 줄 것 같아 후미야스는 가슴속의 말을 꺼내지 못했다. 하고 싶은 말을 내뱉고서 조금은 분노가 풀렸는지 여자는 말을 멈추고 후미야스를 바라본다. 후미야스가 노려보자 여자도 질세라 사나운 시선으로 응수한다. 먼저 시선을 돌린 것은 후미야스 쪽이었다.

당신은 이번 달 말에 오키나와로 돌아간다죠? 그때까지 이 근처에는 더 이상 얼씬도 하지 마세요. 아버지 앞에 다시 나타나면 정말 회사와 경찰에 신고하겠어요.

대체 어디까지 조사한 걸까. 후미야스는 깜짝 놀랐다. 아무 대꾸도 하지 못한 채 후미야스는 아카자키의 오른손으로 시선을 돌렸다. 고개를 숙인 아카자키의 오른손은 지팡이를 쥔 채 떨고 있었다. 분노 때문일까, 두려움 때문일까, 그저 나이가 들어서일까. 후미야스는 알 수가 없었다.

가요.

재촉하는 딸과 함께 걸어가는 아카자키의 뒷모습은 연약해 보였다. 정말 이게 실제 모습일까. 뒤돌아서서 싱글싱글 웃고 있는 건 아니겠지. 내가 보기 좋게 속은 건가. 그런 의문이 스쳤지만 쫓아가서 확인할 기력도 없었다.

공원을 나갈 때까지 아카자키와 딸은 한 번도 뒤돌아보지 않았다. 남자아이만 몇 번인가 뒤돌아보다 엄마 손에 끌려가며 주의를 받았다. 세 사람의 모습은 사라졌지만 후미야스는 한동안 그 자리에 서 있었다. 노을이 지기 시작한 하늘에는 햇빛도 누그러져 있었다. 하지만 빨려 들어갈 듯한 파란 하늘을 보고 있자니 뭔가 견딜 수 없는 기분이 들었다. 하얀 구름이 피어오르는 오키나와의 하늘이 보고 싶었다.

두 번 다시 이 거리에 올 일은 없을 거야.

그렇게 마음속으로 중얼거리며 후미야스는 세 사람이 향한 곳과 정반대 방향의 출구를 향해 걷기 시작했다. 걷다가 여자에게 무엇 하나 반박하지 못한 자신이 한심하게 여겨졌고 화도 났다. 마지막 기회를 놓친 것 같아 후회도 치밀었다.

똑같은 일이 또 반복된 것인가? 자조의 웃음이 밀려왔다. 같은 일이 또 반복되다니……. 뭔가 결정적으로 뒤바꿀 힘을 갖고 싶었다. 그러나 후미야스는 그런 힘을 찾을 수 없었다.

이윽고 다음 주가 되었다. 후미야스는 오키나와로 돌아왔다. 집으로 가 불단을 마주 보았다. 부모님의 이름이 적힌 위패를 바라보고 있자니 아카자키 생각이 나지 않을 수 없었다. 그 밤 공원 앞에서 아카자키가 보여준 뻔뻔한 말투, 대낮에 그의 딸에게 추궁당한 일, 술집에서 출입을 거절당한 일 등을 떠올리면 마음이 어지러워졌다. 그러나 이제 와서는 어찌할 도리가 없었다. 후미야스는 아내 유코가 준비한 식사를 하기 위해 부엌 테이블로 나갔다.

나하 공항에 도착한 것은 오후 2시가 넘은 어중간한 시간이었다. 점심을 먹지 않고 버스에 올랐기 때문에 배가 고팠다. 반년 만에 먹는 소키 소바 국물은 맛있었다. 부드러운 돼지고기에 동과와 다시마 맛이 배어 있었다. 구내식당 음식은 전반적으로 짜서 입맛에 맞지 않았다. 유코가 손수 만든 요리를 먹으니 마음도 차분히 가라앉았다.

아내에게 그사이 반년 동안 집에서 있었던 일에 대해 들었다. 후미야스는 회사 일에 대해서는 이야기했지만 아카자키에 관한 일은 언급하지 않았다. 말하면 기분 나쁜 생각만 되살아날 뿐이다. 아버지 가쓰에이가 일본군에게 살해당했다는 사실은 유코에게도 말한 적이 있다. 다만 당시의 세세한 상황에 대해서는 말하지 않았다. 거기까지 설명하자면 마음이 무거워진다.

식사를 마치고 한 시간가량 마당의 나무를 지켜본 후미야스는 경트럭에 예초기와 낫, 접이식 톱을 싣고 집에서 3백 미터쯤 떨어진 서쪽 숲을 향했다. 숲 아래에는 샘물이 있다. 옛날 마을 사람들이 식수로 사용하고 논에 촉촉하게 물도 대던 샘물은 상수도가 정비되고 논도 사탕수수밭으로 바뀌면서 사람들에게 점차 잊히게 됐다. 이제는 설날에 정화수를 긷거나 음력 5월 5일 샘에 제를 올릴 때나 들를 뿐이었다.

메이지 시대에 태어난 노인들이 사망하면서 그런 관습도 사라지고 지금은 완전히 풀에 파묻혀 잊힌 존재가 됐다.

농로에 차를 세운 후미야스는 예초기 전원을 켜고 서쪽 숲으로 이어지는 옛길에 무성해진 풀을 베기 시작했다. 폭이 2미터도 안 되는 길 양쪽은 예전에는 논이었지만 1950년대에 마을의 논 대부분이 환금 작물인 사탕수수밭으로 전환되면서 풍경도 완전히 바뀌었다. 우물 주변의 논은 좀 더 늦게, 그러니까 60년대에 들어서 사탕수수밭으로 변했다. 그러나 밭주인이 사망한 뒤 자식들이 농사를 이어가지 않아 경작을 포기한 폐농지가 되고 말았다. 사용하지 않게 된 샘물은 배수가 막혀 주변 밭에 흥건하게 고여 있었다. 부들과 갈대가 우거진 이 일대에서 예전의 논이나 사탕수수밭의 모습은 찾아볼 수 없었다.

마을 변두리에 서쪽 숲이 있는 탓에 주위에 민가도 없고 들리는 것이라곤 새나 개구리 울음소리뿐이었다. 고요함을 깨고 예초기 소리가 울려 퍼졌다. 그 소리에 놀란 흰배뜸부기가 갈대숲에서 짧은 거리를 날갯짓하며 도망쳤다. 옛길이 열리면서 부드러운 바람에 푸른 풀 냄새가 피어올랐다. 삼십 분쯤 지나 숲 아래까지 길을 터주니 풀밭에 파묻힌 돌계단이 보였다. 예전보다 1미터 이상 수위가 올라가 계단은 거의 물에 잠겨 있었다. 후미야스는 예초기를 놓고 낫과 톱으로 계단 주변의 풀과 관목을 제거해 나갔다. 장화 속에 물이 차는 것도 개의치 않고 허벅지 아래까지 물에 잠겨 가며 계단을 덮고 있는 풀과 뿌리들을 제거해 나갔다.

가주마루 나무 가지 밑으로 수면이 보였다. 푸르스름하

게 보이는 바닥까지 깊이는 3미터 이상 되는 것 같았다. 계단 위까지 뻗은 가주마루 나무 가지를 잘라 부들 수풀에 던져버렸다. 나뭇가지 사이로 비치는 햇빛이 수면 위로 반짝이고 바닥에는 윤슬이 일렁인다. 물은 지금도 제법 솟아나고 있다. 풀뿌리를 제거하자 탁했던 곳도 금방 맑아졌다.

목장갑을 벗고 손을 씻은 뒤 양손으로 물을 떠 마셔본다. 먼 기억만큼이나 달콤했다. 마지막으로 샘물을 마신 게 언제였는지 기억이 나지 않는다. 어머니가 살아계시던 13년 전까지만 해도 설날에는 여기에서 정화수를 긷곤 했다. 어머니는 샘물을 손자들의 이마에 적시고 또 불단에 바친 뒤 차를 끓여 냈다. 후미야스가 그걸 마셔본 적은 없지만 그리움에 눈시울이 뜨거워진다. 어느새 풀숲이 축축해져 보이고 수면에 비치는 햇빛도 번져갔다.

후미야스는 계단에서 옛길로 올라가 장화를 벗고 물을 쏟아낸 다음 수건으로 얼굴을 닦았다. 가슴 주머니에서 담배를 꺼내 쭈그리고 앉아 한 대 피웠다. 숲에서는 왕새매 한 마리가 울며 하늘로 날아올랐다. 무리에서 떨어져 나온 듯한 왕새매는 구슬픈 울음소리를 내며 근처 숲으로 날아간다. 그 모습을 좇고 있자니 눈언저리로 뭔가 움직이는 기색이 느껴졌다. 샘물 수면에 파문이 일고 있다. 검은 그림자가 수면 아래에서 움직이는 것처럼 보이는데, 저녁 해에 반사돼 그런지 뚜렷이 포착되지는 않는다. 숨을 멈추고 바닥을 바라보았다. 파문은 사라지고 노랗게 변한 가주마루 잎 여러 개가 방금 깎은 풀 사이로 천천히 떨어진다. 후미야스는 담배를 꺼서 바지 주머니에 넣고는 예초기와 낫, 톱을 챙겨 경트럭으로 돌아갔다.

집에 들러 그물과 비닐봉지를 준비한 다음 농업용수 저수지로 가서 개구리를 잡았다. 열 마리 정도 잡아서 큰 놈 세 마리만 남기고 나머지는 돌려보냈다. 낚시를 좋아하는 탓에 용구는 헛간에 충분히 마련돼 있었다. 집에 돌아와 비닐봉지에 든 개구리를 양동이에 옮겨 철망을 씌워놓고 낚시 도구를 준비했다. 그러고는 해가 저물어 손이 보이지 않을 때까지 마당의 나무들을 손질했다.

저녁 식사 때 막내딸 사토미가 반년 사이 학교에서 있었던 일을 이야기해주었다. 동아리 활동 중인 연식 테니스부가 지역 대회에서 우승했다며 자랑한다. 사토미가 다니는 작은 학교에는 동아리라곤 야구부와 연식 테니스부, 탁구부밖에 없지만 학생들의 집중도가 높은 탓인지 야구부 외에는 꽤 실력이 좋은 것 같았다.

큰 녀석들 셋은 이미 고등학교를 졸업해 장남은 나하 시에서, 차남은 가나가와에서, 장녀는 도쿄에서 일하고 있었다. 막내딸만은 어떻게든 대학까지 보내고 싶어 본토에서 번 돈을 최대한 저축하기로 했다. 지역에 있는 작은 건설회사에서 일해봤자 큰 수입이 되지 않는다. 무리해서라도 본토로 가야만 했다.

내년에 사토미가 고등학교에 입학하면 남은 2년 반 동안 목표한 금액까지 저축할 수 있을지 아슬아슬했다. 위의 세 놈과 달리 중학생이 돼서도 변함없이 싹싹하게 말을 걸어주는 사토미의 미소를 보며 후미야스는 오랜만에 진심으로 웃을 수 있었다.

오후 9시가 됐다. 후미야스는 두꺼운 작업복을 입고 현관으로 나갔다. 장화를 신고 목장갑을 끼면서 경트럭으로 향했다. 유코와 사토미에게는 밤낚시를 간다고만 이야기했다. 손전등과 헤드 랜턴을 조수석에 놓고 낚시 도구와 그물, 개구리 미끼가 든 비닐봉지를 짐칸에 실었다. 만일을 대비해 뱀 퇴치용 막대기도 잊지 않았다. 11월에 들었어도 낮에는 딥기 때문에 밤이 되면 습지내에서 뱀이 나올 수 있나.

경트럭을 몰고 서쪽 숲 근처까지 이동해 노상에 주차했다. 주위는 외등도 없어 캄캄했다. 후미야스가 사는 집의 불빛이 보였다. 마치 밤바다의 등대와도 같았다. 낚시 도구와 개구리가 든 비닐봉지를 양동이에 담아 왼손에 들고 뱀 퇴치용 막대는 오른손에 들었다. 헤드 랜턴을 켜고 낮에 풀을 깎아놓았던 옛길을 걸었다. 주위의 풀숲을 막대기로 치며 뱀을 쫓아가면서 조심스럽게 나아갔다.

샘물 앞 10미터 정도까지 다가간 뒤 헤드 랜턴을 껐다. 눈을 감고 벌레와 개구리 소리에 귀를 기울여보았다. 바람은 거의 없었지만 물줄기 탓인지 밤공기는 서늘했다. 눈을 뜨니 부들과 갈대숲에 달빛이 비친다. 검은 숲 그림자 위로 몇 개의 별이 보인다. 막대기로 풀숲을 가볍게 털어가며 계단 앞까지 나아갔다. 양동이를 내려놓고 손전등을 샘물 반대편을 향하게 켰다. 많이 닳은 건전지로 교체해 일부러 불빛을 약하게 만들었다. 그래도 미끼 개구리를 낚싯바늘에 다는 데는 문제가 없었다. 장화 신은 발로 조심스럽게 계단을 더듬어 내려가 낚싯봉과 개구리를 샘물 안쪽으로 살짝 던져 넣었다. 거대한 대왕바리도 끄떡없을 정도로 단단히 준비했기 때문에 낚싯대는 쓰지 않고 낚싯줄을 그냥 코카콜라병에 간단히 감기만 했다. 가죽 장갑을 낀 오른손에 낚싯줄을 쥐고 검지로 느낌을 감지하려 했다. 개구리 두 마리가 든 비닐봉지를 양동이에 넣고 돌계단 맨 위에 걸터앉았다. 깊게 숨을 내쉬며 숲이 내뿜는 냉기가 폐 깊숙한 곳까지 스며들 수 있게 호흡했다. 몸과 마음의 멍에를 지우고 싶었다. 음력 13일 밤의 달을 올려다보며 숲과 산 위에 드리운 구름을 바라보았다. 눈을 감고 낚싯줄을 쥔 오른쪽 손가락에 신경을 집중시켜본다.

장남과 차남이 어렸을 때는 가끔 밤낚시에 데리고 다녔다. 중학교에 입학한 후로는 동아리 활동에 열중하느라 부모와 함께 다니지 않게 됐지만 초등학교 때까지만 해도 거리낌 없이 따라나서곤 했다. 해변에 낚싯대를 드리우고 있자면 파도가 치는 곳에는 갯반디가 반짝이고 바다거북이 산란하러 올라오는 게 보이기도 했다. 숨을 죽이고 바다거북을 바라보는 두 아이들을 보노라면, 자신이 돌아가신 아버지로 여겨져 아들들을 예전의 자기로 착각할 때도 있었다.

아버지가 살해된 곳과는 다른 해변이었다. 그 해변에는 두 번 다시 가지 않았다. 아카자키에게 목이 베이지 않았더라면 아버지에게 손자들을 안겨줄 수 있었을 텐데……. 내

생활도 달라졌을 텐데……. 아버지가 없어 어머니도 혼자 고
생이 이만저만이 아니었지.

어머니를 도와 하루하루 식량을 마련하기 위해 그는 학
교도 변변히 다니지 못했다. 형식상 중학교를 졸업하긴 했
지만 한자도 제대로 쓰지 못해 저임금 일자리만 전전해왔다.
아이들은 이런 경험을 하지 않았으면 싶어 필사적으로 일했
지만, 위의 세 자식을 고등학교까지 보내는 데만도 어지간히
힘이 들었다. 셋 다 좋은 데 취직해서 얼마간 마음은 놓이지
만 막내 사토미만큼은 어떻게든 대학에 진학시키고 싶었다.

아버지가 되고 아이를 키우는 데 어려움을 겪으면서 후미
야스는 아버지를 좀 다르게 볼 수 있게 됐다. 자신이나 어린
아키코를 남겨두고 죽어갈 때 얼마나 억울했을까. 그런 생
각을 하면 감당할 수 없는 화가 치밀어 올라 몸을 가누지 못
할 지경이 될 때까지 술을 마시기도 했다.

숲으로 둘러싸인 습지대에서는 개구리와 벌레 소리가 잔
물결처럼 퍼져 나간다. 천천히 이동하는 구름이 달을 덮는
다. 주위가 어둠에 잠긴다. 달빛이 다시 비치자 바다 위로 떠
오르듯 풀과 나무들의 모습이 드러난다.

문득 아버지가 부르시는 것 같았다. 오른쪽 검지에 작은

떨림이 느껴진다. 잠시 졸고 있던 후미야스는 황급히 손가락 끝에 신경을 집중했다. 낚싯줄이 살짝 팽팽해지는 것 같더니 몇 초 뒤 조금 당겨지는 것 같았다. 낚싯줄을 감은 콜라병을 왼손에 들고 낚싯줄의 움직임을 보며 물밑을 살폈다. 휘청하니 낚싯줄에 무게가 실린다. 후미야스는 재빨리 오른손으로 끌어당겼다. 그 순간 거센 힘이 역으로 후미야스의 오른손을 잡아당긴다. 잡고 있던 낚싯줄을 놓치고 말았다. 콜라병이 튕겨 나가고 낚싯줄이 요동친다. 가죽 장갑에서 타는 냄새가 났다. 후미야스는 황급히 두 손으로 낚싯줄을 잡아채 오른쪽 손목에 감았다. 낚싯줄이 손목을 파고들면서 버티고 있던 다리가 진흙에 미끄러진다. 후미야스는 엉덩방아를 찧고 말았다. 다리가 돌계단 세 단 아래까지 미끄러지자 배꼽까지 물에 잠겼다. 순간 물속으로 빨려 들어가지는 않을까 공포스러웠다. 왼손으로 돌계단 가장자리를 부여잡고 두 다리로 버티며 발아래를 더듬어 간신히 자세를 가다듬었다. 오른손은 구부릴 수 없을 정도의 힘으로 당겨지고 있었다. 손목의 통증을 참아가며 물 밑에서 몸을 굼실대는 녀석이 지치기만을 기다렸다.

그래, 마음껏 몸부림쳐. 온 힘을 다해 실컷 몸부림치라고.

웃음이 터져 나왔다. 가주마루 나무 가지 밑의 수면이 넘실거리고 물방울이 튀었다. 낚싯줄이 수면을 가르고 좌우로 달리며 오르내린다. 30킬로그램짜리 농어도 끄떡없는 낚싯줄이다.

더 해봐, 더 해보라고.

후미야스는 웃으며 말했다. 물 밑에서 저항하는 생명체의 힘을 온몸으로 느끼며 반응했다. 오른손을 끌어당기면 녀석이 팽팽한 힘으로 저항하는 탓에 수면이 넘실거린다. 팔뚝 근육이 부풀어 올랐다. 젊었을 때의 힘으로 돌아간 것 같았다. 꼬리 끝이 수면을 때렸고 포말이 후미야스의 얼굴에 흩뿌려졌다. 십 분 정도 흐르자 상대도 지치기 시작한 게 느껴졌다. 점차 저항이 약해지고 물 위에 뜬 채 크게 숨을 쉬고 있는 것 같다. 후미야스는 왼손을 뻗어 풀 위에 놓인 그물망을 가까이 가져왔다. 양손으로 천천히 낚싯줄을 끌어당긴다. 더 이상 상대에게 상처를 주고 싶지 않았다. 긴 몸뚱이가 체념한 듯 다가온다. 후미야스는 왼손으로 헤드 랜턴의 스위치를 켰다.

불빛에 비친 신 뱀장어는 2미터 가까이 됐고 몸통은 3홉짜리 병보다 굵었다. 돌계단에서 50센티미터 정도 거리의 수면 위로 머리를 불쑥 내밀고 있다. 주먹이 들어갈 정도로 입을 벌리고 있었고 낚싯바늘이 위턱을 뚫고 나와 있었다. 후미야스는 돌계단에 발 디딜 곳을 확보한 뒤 손목을 파고 든 낚싯줄을 풀어 오른손으로 꽉 잡았다. 왼손으로 그물망을 잡고 비스듬히 잠긴 신 뱀장어를 꼬리부터 건져내려 했다. 신 뱀장어는 마지막 저항을 하는 듯 온몸을 비틀었다. 후미야스는 그 몸이 둥글게 말렸을 때를 노려 능숙하게 그물로 건져 올렸다.

두 손으로 그물망을 잡고 돌계단을 올라 길 위에 앉았다. 한숨 돌리고 나서 신 뱀장어의 몸을 두 손으로 끌어안아 상처가 나지 않도록 조심스럽게 풀 위에 올려놓았다. 신 뱀장어는 기진맥진한 듯 움직이려는 기색도 없이 아가미만 여닫고 있다. 얼룩무늬를 한 몸의 탄력은 대단했다. 40여 년 전 아카자키의 발밑에 누워 햇볕에 말라가던 그 신 뱀장어로부터 몇 대째에 해당하는 녀석일까. 마을 사람들이 샘물을 사용하지 않게 되면서 그 존재마저도 기억 속에서 사라졌지만 샘터 바닥에서 신 뱀장어는 대를 이어 계속 살고 있었던 것이다.

신 뱀장어를 샘물에 되돌려주리고 이카지 키에게 통시정

하던 아버지의 모습이 눈에 선하다. 헤드 랜턴에 비친 신 뱀장어의 모습이 눈물 때문에 번진다. 아버지에겐 신 뱀장어를 지키는 것이 마을을 지키는 일이나 마찬가지였다. 오로지 혼자 아카자키에게 맞서 일본군에 저항했던 아버지의 용기 있는 행동이 자랑스러웠다.

후미야스는 위턱으로 비집고 나온 낚싯바늘을 펜치로 자르고 바늘을 뽑았다. 신 뱀장어의 온몸에 물을 끼얹어 양손으로 살짝 안아 올린 그는 신 뱀장어를 다시 샘물로 돌려보냈다. 신 뱀장어는 몸을 크게 비틀더니 물 아래로 돌아갔다. 후미야스의 왼쪽 무릎 안쪽에 꼬리지느러미 끝이 살짝 닿았다. 마치 아버지의 손길이 닿은 것만 같았다.

오래 살아야 해.

후미야스는 샘물 바닥을 바라보며 중얼거렸다.

집에 돌아온 것은 밤 11시가 넘은 시각이었다. 온몸이 홀딱 젖은 것을 본 유코가 *바다에 빠졌던 거예요?* 하고 물었다.

아냐.

후미야스는 웃으며 대답했다.

샤워를 마치고 거실로 나가 불단의 위패를 바라보았다. 조상들의 이름이 나열돼 있는 위패의 마지막에 아버지와 어

머니의 이름이 붉은 옻칠 판에 금박 붓글씨로 적혀 있다. 아
버지의 이름은 큰아버지가, 어머니의 이름은 후미야스 자신
이 쓴 것이었다. 라이터로 향에 불을 붙여 향로에 꽂고 손을
모았다.

이런 한밤중에…….

유코가 이상하다는 듯이 후미야스를 바라보았다.

잊어서는 안 돼.

후미야스는 마음속으로 자신에게 말했다.

버들붕어

기동대 대장이 흰색 지휘봉을 들고 앞으로 까딱 움직이자 그때까지 옆에 일렬로 서 있던 젊은 대원들이 미군 기지 게이트 앞에 앉아 있는 사람들을 덮쳐버렸다. 게이트 안쪽에서 핸드마이크를 들고 큰 소리로 외치는 작업복 차림의 남자들 목소리가 시끄러워 견딜 수가 없다. 흰색 헬멧을 쓰고 있는 그들은 인부들이 아니라 오키나와 방위국 사람들이라고 딸 가즈미가 알려줬다.

　*방위국의 썩은 본토인들아, 시끄럽다. 그 입 닥쳐라. 너희들은 오키나와에서 당장 나가라.*

　농성자들 사이에서 한 사내의 욕설이 튀어나왔다. 기동대원들은 세 군데로 나뉘어 앉아 시위하는 사람들 앞에 몸을 숙여 설득하는 듯했으나 이내 시위자들의 팔을 잡고 억지로 일으켜 세우기 시작했다. 대형을 만들어서, 대치 중인 시민들의 팔을 잡아당기고 저항하는 사람들의 손목이나 팔도 비틀어 올린다.

아프다, 이거 놔.

교통에 방해가 되고 있습니다. 바로 일어나 이동하세요.

뭐 하는 짓들이야? 억지로 비틀지 말라고.

자발적으로 일어나세요.

당장 탄압을 멈춰라, 오키나와의 민의를 짓밟지 마라.

이봐요, 거기, 폭력을 행사하면 안 됩니다.

*폭력? 이런 짓을 하고도 부끄럽지 않아? 너도 오키나와 사
람이잖아.*

계속 이러시면 공무 방해가 됩니다.

너희들이 말하는 공무 방해는 공무원이 우리를 방해한다
는 뜻이냐?

좋아, 증거를 수집하자고, 이쪽 찍어, 이쪽이다.

그래, 허둥대지 말고 천천히 찍어보시지. 어디서 오키나와
사람을 바보 취급하고 있어.

핸드마이크 소리와 육성이 뒤섞인다. 기동대원 셋이 일으
키려 하자 두 다리로 버티며 저항하던 초로의 남자에게 비
디오카메라를 든 형사가 다가와 채증이라는 말을 내지른다.
발목이 잡혀 벌렁 드러누운 선글라스 낀 남자를 기동대원

이 제압하고 있다. 모자가 날아가고 땅에 떨어진 흰 플래카드가 기동대원들의 신발에 짓밟힌다. 또 다른 곳에서는 종을 치고 탬버린을 두드리며 합창하던 여성들도 한 사람 한 사람씩 연행돼 간다. 기동대원들에게 양손과 양발을 붙들린 채 들려 가는 그들은 마치 물건처럼 보인다. 아스팔트 위로 질질 끌려가던 마흔 살가량의 한 여성은 플래카드를 가슴 위로 치켜 올린다. 전$^\text{軍}$ 기지 철거! 빨간색으로 쓰인 글자다. 불법 공사를 멈추라고 외치며 저항하는 젊은 남자에게도 기동대원들이 달려든다.

자네, 적당히 하는 게 좋을 거야.

중년의 형사가 젊은이에게 고함친다.

놔요, 아파요.

젊은이의 목소리가 울린다. 건장한 기동대원들은 앉아 있던 사람들을 차례차례 끌어내 보도 위에 만들어놓은 철책 안으로 이동시킨다. 스스로를 지키려고 몸을 웅크리는 생명체에게 검은 짐승 무리가 덤벼들어 살을 먹어 치우고 붉은 피를 철철 흘리며 끌고 가는 것 같았다.

게이트를 사이에 두고 한쪽 인도에는 시민들을 가둔 철책 우리가 있고, 다른 한쪽 차도에는 잘게 부순 돌을 가득 실은 대형 덤프트럭과 레미콘 믹서트럭이 수십 대 늘어서 있다. 일반 차도 섞인 차량 대열은 3백 미터가량 떨어진 커브 길까지 이어져 앞이 보이지 않을 정도다.

게이트 맞은편 인도에서 이 상황을 지켜보던 가요는 눈앞에서 벌어지는 광경이 슬프고 고통스럽고 억울했다. 도로를 건너 자신도 농성에 가담하고 싶었지만 옆에 있던 가즈미가 몸도 좋지 않은데 그냥 보기만 하라고 말리는 바람에 그만두었다. 좀 더 젊었더라면……. 여든넷의 가요는 지팡이에 의지하지 않으면 걸을 수 없는 자신의 몸이 답답했다.

헤노코 앞바다와 오우라 만을 매립해 새로운 기지를 만드는 것은 오키나와 섬 북부 얀바루에서 태어나고 자란 가요에게도 남의 일일 수 없었다. 미군 기지가 지금보다 늘어나면 미군도 늘고 그만큼 사건 사고도 늘어날 것이다. 그것은 자신의 가족이나 친척, 지인이 미군과 관련된 사건 사고에 휘말릴 가능성이 커진다는 것을 의미한다. 북부 마을의 작은 회사 사무원으로 근무한 적이 있는 가요는 노동조합이나 사회운동과는 무관하게 살아왔지만 그건 불 보듯 뻔한 일이라고 생각했다.

일본 복귀 진 텍시 회사에 다닐 무렵, 가요의 동료였던 한

운전기사는 캠프 한센의 미군에게 살해당해 목숨을 잃었다. 손님처럼 뒷좌석에 앉은 두 미군은 매상을 가로채기 위해 기사의 목을 칼로 찔렀고, 운전사를 병원으로 옮겼을 때는 과다 출혈로 이미 숨이 끊어진 상태였다고 한다. 그에게는 아직 어린 초등학생 자녀가 두 명 있었다. 그 무렵 세 아이를 키우던 가요는 영결식에서 울음을 터뜨리던 동료 부인의 아픔과 고통을 떠올리니, 몸이 떨리는 게 멈추지 않았다. 언젠가 자신도 같은 처지가 될지 모른다는 불안감도 얼마간 있었다.

미군이 우리를 지켜줄 리 없다. 오히려 위험할 뿐이다. 그렇게 생각하게 된 것은 이 사건 때문만이 아니었다. 오키나와 전투 당시 가요가 사는 마을은 미군의 공습을 받았다. 한 동급생의 가족은 방공호에 숨어 지내다 직격탄을 맞아 모두 생매장돼 숨졌다. 미군 전투기가 사라진 뒤 이웃들이 방공호를 파내는 모습을 지켜보던 가요는 흙투성이로 발견된 동급생을 보고 허둥지둥 집으로 달아나고 말았다. 커다랗게 벌어진 입에는 붉은 흙이 차 있었고, 뜬 눈도 흙으로 뒤덮여 있었다. 그녀는 집이 가난해서 괴롭힘을 당하는 일이 많던 가요에게조차 친절을 베풀던 여학생이었다.

그들이 숨어 있던 방공호 근처에 일본군 진지가 있어 집중 폭격을 받았다. 일본군 옆에 있으면 안전할 거라고 기대했던 마을 사람들은 그것이 오판임을 나중에야 깨달았다. 군대가 있는 곳이 가장 먼저 적의 표적이 된다는 사실을 알고 난 다음에야 가요는 일본군이든 미군이든 군대를 가까이하는 건 위험한 일이라고 확신하게 됐다.

지금 가요가 살고 있는 마을에는 미군 기지가 없다. 하지만 전쟁이 끝난 뒤 73년 동안 오키나와에 살면서 미군이 일으킨 사고와 범죄가 자신과 무관한 일이라고는 생각하지 않았다.

기지가 필요하다고 생각하는 사람이 있다면 그 사람 집옆에 만들면 돼.

가요는 아이들에게 자주 이렇게 말하곤 했지만, 미군 기지가 필요하다고 주장하는 사람들 대부분은 자기 집 인근에 짓는 걸 꺼리고 다른 곳에 세우기를 원했다. 본토 사람들뿐만 아니라 오키나와 사람들 중에도 인구가 적은 얀바루가 후텐마보다 낫다고 말하는 사람이 있었다. 이런 소리를 들으면 가요는 화가 나 견딜 수 없었다.

텔레비전이나 신문에서 헤노코와 관련된 기사를 접할 때면, 현장에 한번 가보고 싶다는 생각이 들기도 했다. 다만 자신 같은 노인이 가봤자 도움은커녕 폐만 끼치는 것은 아닌지 우려돼 주저하고 있었다. 그래도 오늘 딸에게 부탁해 캠프 슈와브 게이트 앞까지 나와본 것은 신문에서 오우라자키 수용소에 관한 기사를 보았기 때문이다.

유골 수습 자원봉사 활동을 해오던 한 남성이 "현재 기지의 철망에 의해 가로막혀 있는 수용소 안에는 유골이 남아 있을지도 모르기 때문에 본격적인 공사가 시작되기 전에 조사할 필요가 있다"고 호소하는 내용이었는데, 이 남성 봉사자의 기사는 지금까지도 여러 차례 신문지상에서 읽은 적이 있었다. 그때마다 수용소에 있을 때가 떠올랐지만 딸에게 차마 말을 꺼내지도 못한 채 시간만 흘렀다. 그러나 다시 신문 기사를 읽고 그저 먼발치에서 보기만 하자……는 심정으로 마음을 굳게 먹고 딸에게 부탁해보았다. 2개월 정도 전부터 무릎 통증이 심해져 이대로 걸을 수 없게 될지도 모른다는 생각이 문득 들었기 때문이다.

그만두세요, 폭력을 써서는 안 됩니다…….

젊은 여자의 목소리가 들렸다. 마이크로 악을 쓰는 남자들의 목소리에 짓눌려 있었지만 필사적으로 호소하는 그 여자의 목소리는 떨리고 있었다. 농성장에서 1백 미터가량 떨어진 곳에 쳐진 파란 천막 아래서 가요에게 말을 걸어왔던 여학생이 기동대원들에게 두 팔을 붙잡힌 채 필사적으로 저항하고 있었다. 앉아 있던 긴 판자에서 미끄러져 아스팔트 바닥에 엉덩방아를 찧은 여학생을 기동대원 두 명이 거칠게 일으키려 하고 있었다.

그만해요, 당신들. 그만두라고요.

천으로 된 간이 의자에서 일어서려 했던 가요는 무릎 통증 때문에 인상을 쓰며 허리를 숙이고 말았다.

괜찮아요?

가즈미가 황급히 가요의 어깨를 부축한다.

괜찮아, 아무렇지도 않아.

통증이 남아 있었지만 그렇게 대답하곤 게이트 앞을 바라보았다. 여학생은 옆에 있던 여성의 다리를 붙잡고 늘어졌고 주변 여성들은 그녀를 감싸며 기동대원들에게 항의하고 있다. 두 기동대원은 지휘관의 지시에 따라 일단 손을 놓고 여학생을 내려다보았다. 하지만 이내 지원 대원이 왔고 비명이 터져 나오는 와중에 기동대원들은 여학생을 잡아채 철책 우리 쪽으로 끌고 가버렸다.

이곳의 대학에 다닌다는 그녀는 시로마라는 성을 가지고

있었다. 중부에서 태어나 자랐으며 대학원에서 오키나와 전투에 대해 공부하고 있다고 한다. 오키나와 전투 경험에 대해 들려주지 않겠습니까, 라고 조심스럽게 묻던 표정이 자못 진지해 보여 호감이 갔다. 다만 자신의 전쟁 체험을 이야기하는 건 어쩐지 꺼려졌다.

예전에 오키나와 전투에 관한 기록영화를 만들고 있다는 한 남자가 찾아온 적이 있었다. 마을 공민관장이던 동급생 이사카와와 함께 와 어지간히 부탁하기에 카메라 앞에서 옛일을 털어놓았는데, 일 년 정도 지난 뒤 공민관에서 열린 시사회에 참석했을 땐 낙담이 이만저만이 아니었다. 가요가 이야기했던 장면이 전혀 나오지 않았던 것이다.

시간 관계상 나이가 많은 사람의 사연을 우선시하는 바람에 어린아이의 체험은 담지 못했다고 나중에 이사카와에게 전해 들었다. 내 이야기도 잘려버렸어…… 하고 말하며 이사카와도 쓴웃음을 지었지만, 가요는 자기 이야기를 털어놓은 게 후회됐다. 오키나와 전투 당시 가요는 열한 살이었다. 어른들처럼 상황을 파악할 수 있는 나이도 아니었고, 남에게 들려줄 만한 이야깃거리도 갖고 있지 않다고 생각했다.

나는 어린 나이였기 때문에 전쟁 당시의 일은 잘 모른단다.

시로마라는 여학생은 머뭇거리는 가요에게 열심히 말을 붙였다.

아이라서 느낄 수 있는 점도 있었을 거예요. 어린아이든 어른이든 체험은 당사자만의 것이니까 어떤 체험이든 중요하다고 생각합니다. 이야기를 들려주지 않으시겠어요?

망설이는 가요에게 가즈미가 말을 보탰다.

제게 들려주던 이야기를 해주면 되겠네요. 엄마는 옛날 일을 잘 기억하고 있잖아요. 이렇게 진심으로 부탁하는데 들려주세요.

딸의 권유에 가요는 73년 전의 일을 이야기하기 시작했다.


누나, 버들붕어는 어떻게 할까?

간키치가 손에 든 깡통 속을 보여주었다. 요전에 잡은 버들붕어 한 마리가 길고 파란 꼬리를 흔들고 있었다.

그런 건 못 가져가. 그냥 놓아줘.

응.

깡통 속을 들여다보던 간키치는 빨리 준비하라는 어머니의 재촉에 허둥대다가 깡통에 든 물을 그만 우물에 쏟고 말았다.

에이, 마시는 물이잖아. 우물 안에 물고기를 넣으면 어쩌니.

간키치는 장난스럽게 웃더니 집 안으로 들어가 여벌옷을 싼 보자기를 가지고 나왔다.

허름하기 그지없는 집이었다. 아버지가 그나마 건강하실 때 지은 것이지만 집이라기보다 오두막이라고 하는 편이 어울릴 정도였다. 다다미 네 장 반과 세 장의 넓이를 가진 마루가 하나씩 있었고, 바닥이 훤히 드러난 봉당에는 아궁이를 만들어 냄비를 걸어두었다. 벽은 대나무를 엮어 만들었고 흙이 없어 나무틀이 그대로 드러나 보이는 초가지붕에서는 비가 어지간히 새곤 했다.

그런 집에서 일 년 전에 아버지가 병으로 돌아가시고 그 후로 어머니와 남동생, 여동생, 그리고 가요…… 이렇게 넷이 살았다. 3월 말 미군의 공습과 함포 사격이 거세지자 가요네는 우선 먹을 만한 식량과 위패를 챙겨 산으로 피신했다. 가요네가 살고 있던 오키나와 섬 북부는 4월 중순에 이미 본격적인 전투가 끝이 난 상황이었고 미군은 산속으로 달아난 일본군을 소탕하기 위해 준비하고 있었다.

가요네는 같은 마을 사람들과 함께 산속 동굴에 숨어 지냈다. 밤이 되면 마을로 내려가 밭에서 고구마를 캐 먹으며 굶주림을 견뎠다. 4월 하순에 미군에게 발각된 이들은 다시 마을로 돌아가야 했다. 일본군과 미군의 주요 전장은 섬 중남부에 집중돼 있었고, 국민학교를 거점으로 삼은 미군은 주민들을 원래 집으로 돌려보내주곤 했다. 미군은 일본군이 마을에 출몰하는 것은 경계했지만 주민들에게는 부상이나 질병을 치료해주고 식량도 나눠주었다. 또 밭에서 작물을 수확하거나 바다에서 조개와 물고기를 잡아 스스로 생활하도록 허용해주었다.

마을을 순찰하는 미군 가운데는 주민들에게 빨래를 부탁하는 이도 있었다. 학교에서 '귀축미영鬼畜米英'*이라는 말을 자주 듣고, 또 미군에게 붙잡히면 난폭한 일을 당하다 결국 죽임을 당한다는 가르침을 받아온 가요는 싱글벙글 웃으며 말을 건네는 젊은 병사들을 보고 당황했지만 이내 친밀감을 느끼게 됐다. 다만 가요의 어머니 우시는 경계를 늦추지 않았다. 겉으로는 붙임성 있게 굴다가도 미군이 사라지면 저것들을 믿어서는 안 돼, 하고 가요에게 주의를 주곤 했다. 우

---

• '미국인과 영국인은 귀신이나 짐승과 다를 바 없다'는 뜻으로 아시아 태평양 전쟁 당시 일본이 사용한 슬로건 중 하나다.

시의 그런 태도는 일본군을 대할 때도 마찬가지였다. 우시에게 일본군이나 미군은 모두 제멋대로 마을에 들어와 휩쓸고 다니는 외지인일 뿐이었다.

6월 말 무렵이었다. 구장 오시로가 집집마다 돌면서 내일 아침에 손에 들 수 있는 만큼의 짐만 챙겨 국민학교로 모이라고 했다. 미군이 소집 명령을 내렸는데, 한동안 다른 곳으로 이동해 있어야 한다는 것이었다. 우시는 위패와 약간의 옷가지, 그리고 고구마 등의 식량을 보자기에 쌌고 냄비에 된장과 소금 단지도 챙겼다.

다음 날 아침 우시는 세 살배기 미요를 업고 양손에는 보자기와 냄비를 들고 나섰다. 가요와 간키치의 손에도 고구마가 쥐어져 있었다. 간키치가 버들붕어를 우물 안에 쏟아버린 것은 바로 그날 아침이었다. 가요네가 미군 본부가 있는 국민학교에 도착하자, 운동장에 모인 마을 사람들이 불안한 듯 서로 이야기를 주고받고 있었다. 다른 마을 주민까지 포함해 수백 명이 모여 북적이는 가운데 일본계 2세로 보이는 통역병이 돌아다니며 트럭에 타는 순서를 지시하고 있었다. 옷가지와 먹을거리가 얼마간 준비돼 있으니 걱정 말라고 말했지만 대체 어디로 가는지를 알 수 없어 불안감을 토로 하는 사람들이 많았다.

설마 죽이지는 않겠지?

근처에 사는 도쿠요시라는 칠십 넘은 노인이 일본계 2세의 미군 귀에 들리도록 일부러 크게 말했다.

쓸데없는 소리 하지 마요.

도쿠요시의 아내 가마도가 화를 내며 남편의 옷을 잡아당겨 앉혔다. 트럭에 타기 전, 짐이 많은 사람은 짐을 줄이고 나머지는 두고 가라는 지시를 받았다. 불평하는 사람이 있었지만 미군 한 명이 총으로 짐을 내려치자 모두 어쩔 수 없이 포기하고 짐을 다시 쌌다. 우시도 냄비와 된장 단지를 두고 갈 수밖에 없었다. 먼저 트럭 짐칸에 짐을 실은 뒤 자신도 올라타 그 위에 앉았다.

주민들을 태운 트럭은 마을을 나서 모토부 반도를 향해 남쪽으로 내려가 나고 마을로 들어갔다. 불에 타 들판으로 변해버린 마을을 보고서 "세상에나" 하고 한탄하며 눈물을 훔치는 할머니도 있었다. 사거리에서 보초를 서고 있던 미군이 흘깃 트럭을 바라보았다. 시뻘겋게 달아오른 얼굴에는 아직 앳된 소년의 모습이 남아 있었다. 미군은 걷어 올린 소매로 얼굴의 땀을 닦고 추잉껌을 내뱉었다.

*흰푼 가주마루는 그나마 무사하구나.*

가까운 자리에 앉은 노인이 안도하듯 말했다. 군데군데 타다 남은 붉은 기와지붕을 가리키며 저기도 타지 않았어, 하고 간키치가 소리친다. 트럭은 나고 마을을 지나 산길로 접어들었다. 구불구불한 길은 좁고 울퉁불퉁해서 트럭이 심하게 흔들렸다. 짐칸에서 서로 밀치락달치락하는 가운데 우시는 미요를 껴안고 가요는 간키치를 뒤에서 붙잡듯이 안고서 햇볕과 사람들의 훈김에 멀미가 나는 것을 겨우 참고 있었다. 하지만 간키치만은 아무렇지도 않은 듯, *봐봐 바다가 보이지, 저기 매미가 울고 있네, 우와 엄청 큰 미군이야*, 하고 떠들어댔다.

일곱 살인 간키치는 매사에 호기심이 많고 혼자 관찰하는 것을 즐기는 아이였다. 영리하고 공부도 좋아했다. 갓 입학한 국민학교 시험에서 빨간 동그라미를 받았다며 가요에게 기쁜 듯이 답안지를 자랑하곤 했다. 하지만 학교에 갈 수 있었던 건 참으로 짧은 순간이었다. 곧장 시작된 전쟁 탓에 산에서 피난 생활을 해야만 했기 때문이다. 동굴 안에서는 숨 죽여 지내야 했지만, 집에 돌아와서는 언제나처럼 가요에게 질문을 쏟아내고 자기 나름의 발견을 늘어놓곤 했다. 그

런 간키치를 가요가 칭찬하면 그도 어깨를 들먹이며 우쭐해
했다.

불안과 더위, 그리고 콩나물시루처럼 좁디좁은 짐칸에
조바심이 난 어른들 틈에서 간키치가 너무 소란스럽게 굴
면 꾸중을 들을 것 같아, 가요는 간키치의 귓가에 대고 좀 조
용히 하라고 일러주었다. 간키치는 큭 하고 웃으며 몸을 움
츠렸지만, 가요의 말을 듣고는 트럭에서 보이는 풍경을 조용
히 바라보고만 있었다. 산길을 따라 흔들리는 트럭 탓에 가
요는 당장이라도 토할 것 같았다. 조금이라도 신선한 공기를
마셔보려고 심호흡을 반복했다. 이미 여러 명이 짐칸 뒤쪽이
나 옆으로 얼굴을 내밀어 토하고 있었다. 배기가스와 토사
물 냄새가 섞여 메스꺼움이 더 심해졌다. 점심 무렵 트럭은
내리막길로 접어들었고 나무들 사이로 바다가 보였다. 햇살
에 빛나는 흰 물결은 길게 부서지고 있었다.

여기가 어디야?

구시 아냐?

헤노코 같은데.

남자들의 대화가 들렸다. 구시, 헤노코라는 지명은 가요
에게 낯설었다. 다만 나고에서 산을 넘어 반대편으로 왔으니

동해안일 거라고 짐작했다.

　얼마 뒤 트럭이 멈춰 섰다. 짐칸의 사람들에게 모두 내리라고 지시했다. 트럭이 정차한 곳은 땅이 고른 광장이었다. 거기에는 미군 차량 여러 대도 늘어서 있었다. 바다를 향해 기복이 진 길 여기저기에는 붉은 흙이 그대로 드러나 있었고 계단식으로 깎여 있었다. 군데군데 억새와 소철나무, 떨기나무의 초록 잎이 남아 있기는 했지만 막 개척하기 시작한 황무지라는 인상이 강하게 들었다. 오른쪽 골짜기를 끼고 있는 구릉지에는 천막이 몇 개 설치돼 있었는데, 아마도 먼저 끌려온 주민들이 모여 있는 모양이었다.

　2세 미군에게 설명을 들은 구장이 마을 사람들을 한데 모았다. 이곳은 미군이 만든 민간인 전용 수용소로서 앞으로 마을 사람들은 이곳에서 살게 된다고 한다. 철조망이 쳐진 곳은 미군 캠프이니 절대 들어가서는 안 된다. 마을에는 일본군이 출몰하기 때문에 위험하니 마음대로 돌아가선 안 된다. 야간에도 돌아다니면 안 된다. 식량은 배급할 예정이니 안심해도 좋다. 구장은 2세 병사가 한 말을 되풀이했다.

　일본이 전쟁에 졌으니 미군의 명령을 따를 수밖에 없단 말이야.

구장의 말에 반박하는 이는 없었다. 미군을 접해보니 물량과 기술은 가히 압도적이었다. 이런 상대와 전쟁을 하다니, 사람들은 일본의 무력함을 절감했다. 어른 둘의 팔을 합쳐야 겨우 안을 수 있는 소나무를 베어 미군 전차가 지나갈 수 없도록 도로를 막아보았자 미군은 불도저라는 기계로 너무나도 간단히 장애물을 치워버렸다.

*세상에, 이게 무슨 기계람? 우리가 어렵게 쓰러뜨린 나무를 손쉽게 치워버렸네.*

이런 상황을 지켜보던 마을 사람들은 미군의 힘에 질려 감탄하며 자신들의 헛수고를 비웃을 수밖에 없었다. 처음에는 죽음을 두려워했지만 식량을 배급 받고 부상 치료를 받다 보니 공포의 대상이던 미군을 이제는 친숙하게 여기는 이마저 있을 정도였다.

남자들은 가능한 한 평평한 장소를 찾아 텐트를 치고 잘 곳을 만들었다. 텐트와 재목, 밧줄은 미군이 미리 마련해둔 것이었고 텐트 치는 법은 본토인 두 사람이 와서 알려주었다. 포로가 된 병사 같았다. 남자들이 당장 살 곳을 마련하는 동안 여자들과 아이들은 텐트에 깔 억새를 맨손으로 꺾어 모았다. 천막 하나에 대여섯 식구가 들어가는 식으로 각자의 거처를 확보했다. 우시네도 출입구 근처에 짐을 놓고 잠자리를 마련했다.

텐트를 완성해놓고 쉬고 있는데 트럭이 정차한 광장으로 다시 모이라고 했다. 2세 병사는 주민들을 정렬시키고는 여러 명이 서 있는 미군 앞으로 차례로 걸어오라고 했다. 그들은 쭈뼛쭈뼛 앞으로 나아간 주민들 머리 위에 하얀 가루를 뿌렸다. 노인들 중에는 독을 뿌린다고 무서워하는 사람도 있었지만, 2세 병사는 머리의 이를 제거하는 약이라고 설명해주었다. 새하얗게 변해버린 가요와 간키치는 서로를 가리키며 웃었다. 미군이 떠나자 모두 머리와 옷에서 흰 가루를 털어내고 강으로 내려가 강물로 세수하거나 몸을 씻었다. 강 옆에는 감시하는 남자가 있었는데 그는 강물이 더러워지지 않도록 강 아래서 몸을 씻으라고 주의를 주었다.

다음 날에도 트럭은 주민들을 차례차례 실어 왔다. 마을별로 거주 구역이 지정돼 있었기에 같은 마을 사람들끼리 모여 수용소 생활을 시작하게 됐다. 미군 캠프 주변은 가시철조망이 둘러쳐져 있었지만 그 외에는 별다른 제약 없이 자유롭게 돌아다닐 수 있었다.

밤이 되면 걸어서 마을에 들어가 냄비나 낫 같은 도구와 고구마나 쌀, 된장 등의 식량을 운반해 왔다. 젊은 여자들은 미군이 덮칠까 봐 무서워서 머리를 자르고 남자처럼 변장하기도 했다. 마흔이 넘은 우시는 머리를 천으로 가리고 얼굴에 냄비 바닥의 검댕을 바르고서 겐세이 큰아버지와 함께 마을까지 식량을 가지러 갔다. 그사이 어린 미요를 돌보는 일은 가요의 몫이었다.

우시가 텐트에 있을 때면 가요는 간키치와 함께 식량을 구하러 나섰다. 강이나 바다에서는 새우나 게, 조개를 잡고 산에서는 산딸기나 버섯 등을 찾아다녔다. 미군이 지급하는 식량만으로는 부족했고, 많은 사람들이 함께 살고 있는 터라 먹을 수 있는 것이라면 뭐든 금방 없어지기 마련이었다. 남자 어른이 있는 집은 미군 식량 창고에서 통조림 같은 물건을 훔쳐 전과를 올리고 있었다. 아버지가 없는 가요네는 미군 쓰레기장을 뒤지며 잔반이나 버려진 통조림을 주워 굶주림을 견뎠다.

그때는 살아남기 위해서 하루하루 필사적이었지.

가요의 이야기를 녹음하며 대학 노트에 메모하던 시로마는 고개를 들어 끄덕여 보였다.

수용소는 자유롭게 출입할 수 있는 곳이었나요?

수용소는 가시철조망으로 둘러싸여 갇혀 있는 곳이 아니었어. 그래서 산에 가 먹을 것을 구하러 다니기도 했지. 마을까지 내려갈 때는 말이야, 미군에게 들켜 잡히면 안 되니까 밤중에 나가곤 했어. 걸어서 말이지. 마을 밭에 남아 있는 고구마를 캐서 모아 오곤 했는데 자기 밭뿐만 아니라 남의 밭의 고구마도 몰래 가마니에 넣어 가져왔지. 지금으로 치자면 도둑이나 매한가지지만 살기 위해서는 어쩔 수 없었단다. 미군에게 들키지 않으려고 낮에는 숨어 있다가 한밤중에 몰래 돌아오곤 했어. 다만 도중에 일본군 패잔병에게 들키면 어렵게 모은 고구마나 식량을 모조리 빼앗기기도 했단다. 그런 일이 많았어. 우리 부모님도 몇 번이나 뺏겨 빈손으로 돌아와서는 꽤나 억울해하셨지.

일본군이 빼앗았다고요?

전쟁에서 진 뒤 산속에 숨어 지내던 병사들이 많이 있었던 모양이야. 패잔병이라 하지. 그 사람들도 배가 고프니까 어쩔 수 없었던 것 같아. 길가에 서서 구걸하는 온순한 병사도 있었지만, 대개는 자기들은 나라를 위해 싸우고 있는 몸이니 식량을 내놓으라고 으름장을 놓았지. 그 사람들은 총이나 칼을 지니고 있어서 거역하면 죽임을 당하니까……

죽여요?

시로마의 표정이 굳어졌다.

일본군만이 아니었어. CP라고 해서 오키나와인 경찰이 있었는데, 식량을 빼앗는 건 이들도 마찬가지였어. 하루하루가 힘들었지만 꼭 힘든 일만 있었던 건 아니란다. 남동생 간키치와 함께 산이나 강, 바다를 쏘다니며 먹을거리를 찾아 헤매는 게 즐겁기도 했어. 간키치는 새우나 게를 꽤 잘 잡았어. 나무에 오르는 것도 곧잘 하는 편이었고 애교가 많아 미군들도 좋아했지. 친해진 미군에게 통조림이나 초콜릿을 얻어 오기도 했어.

양손에 상자 가득 통조림을 안고 텐트로 돌아와서는 가요에게 자랑하던 간키치의 얼굴이 눈에 선했다. 우시가 같은 텐트에 사는 다른 가족에게 통조림을 나눠주기라도 하면 간키치는 그걸 못마땅해했다. 그래도 모두가 감사 인사를 하고 치켜세우면 또 많이 얻어 오겠다며 으쓱해했다.

*이 아이는 지혜로워 장차 크게 될 재목이야.*

주위 사람들이 간키치를 칭찬하면 우시는 진심으로 기분이 좋았다. 형편이 어려워 아이들을 병원에 데려갈 돈이 없었던 우시는 다섯 살이 채 되지 않은 장남과 차남을 모두 병으로 잃었다. 셋째 아들 간키치만은 무사히 일곱 살까지 그야말로 건강하게 자라주었는데, 어느 날 낮잠을 자고 있는 간키치의 머리를 쓰다듬으며 우시가 가요에게 말했다.

*간키치라면 장래에 반드시 성공해 집안을 일으켜 세울 거야. 훌륭하게 자라 위패도 이어받을 테지. 저승에 계신 아버지도 걱정하지 않으실 거다.*

미요를 품에 안은 우시는 가요의 손을 간키치의 손과 맞잡게 했다. 옛날부터 오키나와에서는 누나나 여동생의 영혼이 남자 형제를 지킨다는 신앙 오나리가미おなり神가 전해지고 있었다.

*너도 간키치를 지켜야 한다.*

가요는 어머니가 자신을 믿고 의지하고 있다는 게 매우 기뻤다.

*제가 지킬게요.*

가요는 고개를 끄덕이며 간키치의 잠든 얼굴을 내려다보았다. 그날은 오키나와에 전쟁이 덮쳐 오기 두 달 전 어느 겨울날이었다. 허름한 오두막에는 외풍이 들이치고 있었고, 가요는 아궁이의 남은 열로 몸을 녹이며 간키치를 등에 업은 채 잠이 들고 말았다.

이미 73년 전의 일이지만, 그때 어머니의 웃는 얼굴과 간 키치의 잠든 얼굴은 지금도 또렷이 기억난다. 손바닥에는 간키치의 손을 잡았던 그때의 감촉이 남아 있는 듯했다.

동생과는 꽤 사이가 좋았군요.

시로마의 질문에 가요는 고개를 끄덕였다.

동생분도 이 게이트 앞에 오시나요?

가요는 고개를 떨구었다. 손이 떨리는 것을 눈치채지 못하도록 팔짱을 껴 숨겼다. 휴식 중인 텐트에 사회자의 목소리가 마이크를 타고 울렸다. 자재를 실은 덤프트럭 행렬이 이쪽을 향하고 있으니 다시 농성을 시작하는 게 좋겠다, 게이트 앞으로 이동해 달라는 메시지였다. 텐트 아래가 술렁거리며 모두가 일어서는 것을 보고 시로마는 녹음을 멈췄다.

남은 이야기는 다음에 또 들려주시겠어요?

가요는 확실하게 대답하지 않은 채 지팡이에 몸을 의지하며 의자에서 일어섰다. 가즈미가 손을 잡으려는 것을 거절하고 텐트에서 인도로 나왔다. 햇살이 뜨거웠다. 가요는 잠시 소나무 그늘에 서서 이동하는 사람들을 먼저 보낸 뒤 천천히 공사용 출입구 맞은편으로 걸어갔다.

그것은 삼십 분쯤 전의 일이었다. 눈앞에서 덤프트럭과

레미콘이 차례차례 지나간다. 게이트 앞에서 연행된 사람들은 인도에 설치된 철책 안에 아직도 갇혀 있다. 배기가스를 흩뿌리며 좌회전해 기지 게이트로 들어가는 덤프트럭의 적재함에 바윗덩어리가 가득 쌓여 있다. 그 바위들이 물보라를 일으키며 바다 속으로 떨어지는 영상을 텔레비전 뉴스에서 본 적이 있다. 매립을 위한 호안 공사일 것이다. 그곳은 가요와 간키치가 조개를 줍던 그 해안일지도 몰랐다.

그날 말라리아에 걸려 누워 있던 우시와 미요를 위해 조개탕을 끓이려고 가요와 간키치는 해변으로 내려갔다. 오우라 만에는 여름 햇살이 쏟아져 발바닥에 닿는 하얀 모래가 뜨겁기 그지없었다. 쭈그리고 앉아 모래를 손으로 털어내듯 파보았지만 조개는 나오지 않았다. 물이 무릎 언저리에 차오를 때까지 바다로 들어가 바닥을 훑어도 파도가 출렁거려서 조개를 찾을 수 없었다. 수용소 근처 해변이나 바위 더미에 있던 조개는 이미 누군가가 주워 간 모양이었다.

가요와 간키치는 억새와 떨기나무를 붙들며 해안 절벽 위를 옮겨 다니다 곶 쪽 바위 더미로 나왔다. 곶 부근은 미군 캠프였지만, 아이라면 봐줄 거라고 생각했다. 도중에 부두에서 작업 중인 미군 몇 명이 그들을 보았지만 아무 말도 하지 않았다. 고열과 오한으로 온몸을 떨고 있을 우시와 미요의 모습이 떠올랐다. 조개로 국물을 낸 뜨거운 탕을 먹이고 싶었다.

누나, 고둥 찾았어.

곶 근처 바위 더미에서 간키치가 고둥을 발견하고 반갑게 손을 들었다. 가요는 고개를 끄덕이며 자신도 찾으려고 아래를 내려다보았다. 그렇게 고둥 몇 개를 줍고서는 지친 허리를 펴려고 주위를 둘러보았다. 간키치의 모습이 보이지 않는다. 이름을 불러도 대답이 없다.

간키치, 어디에 있니?

오우라 만의 파도는 잔잔해 보였다. 강 건너의 세다케 수용소에서 가느다란 연기 두 줄기가 하늘로 뻗어 나오고 있다. 그 뒤의 산자락 위로는 거대한 구름이 피어오르고 있다. 눈 가장자리에서 뭔가 움직였다. 두 개의 외딴 작은 섬으로 뻗어 있는 곶을 나가사키라고 불렀는데 그 부근은 조수의 흐름이 빠르니 주의하라는 말을 들은 적이 있다. 파도 사이로 튀어나온 검은 바위 주위로 물보라가 인다. 바위 옆으로 떠내려가던 간키치가 가요를 향해 손을 뻗고 있다. 50미터 정도 떨어진 곳이었다. 가요는 황급히 바위 더미를 달려 내려갔다. 파도에 다리가 붙들리고 허리까지 물에 잠기자 더이상 앞으로 나아갈 수 없게 됐다. 간키치는 필사적으로 손을 버둥거리며 헤엄치려 했지만 점점 먼 섬 쪽으로 떠내려간다. 머리가 파도 사이로 가라앉고 다시 떠오른 순간, 부릅뜬눈은 가요를 응시하고 헐떡이는 입은 누나 하고 부르짖고 있다는 걸 알 수 있었다.

간키치가 내뻗은 팔을 잡아 구하고 싶었지만 몸이 움직이지 않았다. 사람을 불러 도움을 청해야겠다는 생각에 뒤를 돌아봤지만 근처에 아무도 없었다. 모래사장 너머로 미군몇 명이 달려온다. 가요는 말이 안 되는 소리를 내지르며 곶과 섬 사이를 손으로 가리켰다. 파란색으로도 초록색으로도 보이는 바다는 바닥이 보일 정도로 투명했다. 하지만 간키치의 모습은 이제 어디에도 보이지 않았다. 가요도 파도에 떠밀려 바닷물을 들이마시고 말았다. 무력했다. 아무것도 할 수 없었다. 하늘도 바다도 어두워졌다. 파도에 이리저리 휘청이는 가요를 누군가 등 뒤에서 안아 올렸다. 거기에서 가요의 기억은 끊어졌다.

눈을 떴을 때 가요는 어느 초가집에 누워 있었다. 이미 밤이 돼 누워 있는 사람이 많았고, 이야기를 나누는 사람도 목소리를 죽여 소곤소곤 말하고 있었다.

　이제 눈을 떴구나.

　머리맡에 앉아 있던 큰아버지가 말을 걸었다. 옆에는 미요가 자고 있어 몸의 열과 땀이 고스란히 전해져 온다. 엄마와 간키치가 곁에 없다는 생각이 드는 순간 가슴을 도려내는 듯한 고통이 밀려왔다. 눈물이 쏟아졌다.

　엄마는요?

　큰아버지는 손바닥을 가요의 이마에 얹었다.

　열은 내렸구나.

　큰아버지의 넓은 손바닥은 따뜻했다.

　엄마는요?

　밖에 있지.

　일어나려는 가요의 어깨를 큰아버지가 눌렀다. 그래도 가요는 기어나가 밖을 내다보았다. 삼사 미터 정도 떨어진 곳에 앉아 있는 우시의 검은 그림자가 보였다. 말라리아 발작이 조금은 가라앉았는지 무언가 중얼거리며 누군가를 껴안아 몸을 쓰다듬고 있다. 구름이 걷히고 달빛이 수용소를 비춘다. 간키치의 몸은 담요에 싸여 있었다. 우시의 옆구리 근처에 허옇고 작은 손이 비어져 나와 있다. 간키치, 미안해, 미안해. 그렇게 말하며 가요는 계속 울기만 했다.

오우라 만에 달빛이 먼 바다를 향해 길게 뻗어 있었다.

며칠 뒤 캠프에 있던 미군들이 시끄럽게 떠들어대는 걸 보고 가요네는 전쟁이 끝났음을 알게 됐다.


간키치의 유골을 파내 세골한 후 해변에서 화장한 것은 그로부터 삼 년이 지난 어느 여름날이었다. 어머니와 큰아버지는 수골하러 갔고, 가요는 집에서 미요를 돌보기로 했다. 땅속에서 간키치의 유골을 주워 모으는 것을 직접 볼 용기가 없었다.

수용소 가장자리에는 죽은 사람을 묻는 장소가 따로 마련돼 있었다. 간키치가 죽은 다음 날 아침, 우시는 말라리아 발작이 심해져 자리에서 일어날 수 없었다. 덜덜 떨면서 간키치의 이름을 부르며 기어서라도 밖으로 나가려 했지만 같은 텐트에서 지내는 사람들이 담요를 덮어씌우며 말렸다. 결국 큰아버지 혼자 간키치의 시신을 짊어지고 묻으러 갔다.

*자네까지 죽으면 이 아이들은 어떻게 하려고 그래.*

구장 오시로가 화를 냈지만 우시는 잠꼬대처럼 간키치의 이름만 불러댔다. 그 목소리를 듣는 게 고통스러워 가요는 텐트를 빠져나왔다. 어딜 가나 간키치와의 추억으로 가득했다. 둘이 미처 가보지 못했던 잡초가 우거진 논을 걸으며 가요는 메뚜기와 나비를 잡았다 놓아주기를 반복했다.

11월에 수용소를 나올 즈음 말라리아가 다 나은 뒤에도 우시는 거의 혼이 나간 상태로 지냈다. 큰아버지가 먹을거리를 마련해주지 않았다면 식구들은 살아남을 수 없었을 것이다.

마을로 돌아온 우시는 심기일전해 이른 아침부터 밤이 될 때까지 거친 밭을 계속 갈아댔다. 가만히 있으면 간키치가 생각나니 지쳐 쓰러질 때까지 몸을 움직이고 있다는 것 정도는 가요도 알고 있었다. 가요도 마찬가지였다. 시종 뭔가를 하지 않으면 후회가 치밀어 올라왔다. 자신만 살아남았다는 걸 용서할 수 없었다.

우시나 가요는 가능한 한 간키치에 대해 언급하지 않으려 애썼다. 어린 미요만 가끔, 오빠는 어디 갔어? 하고 물어서 우시와 가요를 곤란하게 만들었다. 큰아버지의 도움을 받으며 발버둥 치듯 하루하루를 필사적으로 살아내며 가요네 식구들은 지난 삼 년을 그럭저럭 살아왔다.

아침 일찍 나간 두 사람이 돌아온 것은 늦은 밤이 돼서였다. 해안 길과 산길을 줄곧 걸었던 탓에 둘은 녹초가 돼 있었다. 뼈 항아리를 미처 준비하지 못한 우시는 미군 쓰레기장에서 주워 온 뚜껑 달린 깡통을 깨끗이 씻어 흰 천으로 곱게 싸서는 소중하게 품에 안고 집으로 돌아왔다. 램프 불빛이 우시의 얼굴에 깊은 그림자를 드리우고 있었다. 방 두 칸짜리 집 안쪽에 놓인 나무상자 위에는 위패가 세워져 있다. 우시는 그 옆에 흰 보자기로 싼 깡통을 놓고, 가요가 준비해둔 조개 국물과 고구마, 그리고 소중히 간직해두었던 초콜릿을 올렸다. 우시가 가요와 미요를 불러 옆에 앉히고 큰아버지도 자리를 함께해 모두 손을 맞잡았다.

미군에게 처음 초콜릿을 받았을 때 어떻게 먹으면 돼, 라고 가요에게 묻던 간키치의 눈빛. 미군이 직접 먹어 보이고 가요가 조심조심 한 입 넣자 간키치도 그제야 흉내 내듯이 작은 조각을 한 입 베어 물었다. 놀라던 표정이 눈에 선하다. 간키치가 실제로 초콜릿을 입에 넣은 것은 몇 번이나 더 있었을까. 더 먹이고 싶었다. 이렇게 생각하니 눈물이 쏟아졌다.

큰아버지 말로는 간키치를 묻은 곳은 초목이 무성했으나 표식 돌이 잘 남아 있어 금방 찾을 수 있었다고 한다. 너덜너덜한 옷을 입고 누워 있던 간키치는 이제 뼈가 되어 돌아왔다. 땅속에서 주운 뼈를 천에 싸서 해변으로 가지고 가 바닷물에 하나하나 깨끗이 씻었다. 사랑스러운 듯 두개골을 쓰다듬는 우시를 보다가 큰아버지는 먼 바다 쪽을 바라보며 눈물을 훔쳤다.

나머지 세골을 모두 우시에게 맡기고 큰아버지는 해변을 거닐며 마른 나뭇가지를 주워 모았다. 아단 나무의 마른 잎에 불을 붙여 마른 잔가지로 옮겨 붙이며 불을 키웠다. 둥글게 짠 고목에서 불길이 치솟자 가운데에 뼈를 넣어 화장을 진행했다. 열이 가라앉자 우시와 큰아버지는 재 속에서 새하얀 뼈를 주워 깡통에 담았다. 다 담지 못한 나머지 뼈는 잘게 부수어 바다로 흘려 보냈다. 하얀 뼛조각은 파도가 이는 곳에서 떠돌다가 흔들리며 퍼져나가 바다로 사라졌다.

큰아버지와 우시가 본 경치가 가요에게도 그대로 보이는 듯했다. 오우라 만의 바다 냄새와 바다 건너 모래사장, 그리고 산등성이. 깊고 푸른 하늘과 반짝이는 구름. 매미 울음소리. 가요는 마음에 떠오르는 경치와 소리를 지워버렸다. 더 이상 생각하면 다른 광경이 떠오를 것 같았다.

우산데-사-야-.*

우시는 올렸던 고구마와 초콜릿을 가요와 미요에게 나누

어주었다. 잠이 덜 깬 미요는 초콜릿을 받자 갑자기 힘이 나는 듯했다. 작은 손으로 은박지를 벗기고는 우시와 큰아버지에게 웃어 보이며 초콜릿을 입 안에 구겨 넣는다. 가요는 자신의 초콜릿도 미요에게 주었다.

우리는 저녁을 먹었으니 큰아버지랑 엄마가 드세요.

가요는 고구마를 두 사람에게 내밀었다. 우시는 웃으며 배가 고프지 않다고 했다. 그녀는 조개 국물만 마시고 고구마는 큰아버지에게 건넸다.

오늘은 피곤하구나.

그러면서 자리에 누웠다.

푹 쉬어.

큰아버지는 우시를 위로하고 미요의 머리도 쓰다듬어주고는 돌아갔다. 미요는 우시의 품으로 파고들어 가슴에 얼굴을 묻었다. 가요는 두 사람이 잠자는 모습을 바라보다 나무상자 위의 하얀 보자기를 쳐다보았다.

간키치, 이제 편히 자렴.

---

● 신불에게 바친 공물을 음복하는 행위로, 오키나와 말로 조상님께 '감사히 먹겠습니다'라는 의미이다.

마음속으로 중얼거리며 가요는 불을 껐다.


엄마, 세다케에 들렀다 가요.

차를 몰던 가즈미가 뒷좌석에 앉아 있는 가요에게 말을 걸었다.

아이고, 그렇게 해주겠니.

가즈미는 가요가 집을 나설 때, 돌아오는 길에 세다케 쪽에서 오우라 만을 바라보고 싶다고 말한 걸 기억하고 있었다. 피곤하긴 했지만 언제 다시 올 수 있을지 모르니 나중에 후회를 남기지 않으려면 지금 가보는 편이 좋다.

게이트에 공사 차량이 모두 들어가자 살수차가 나와 차도의 돌가루와 진흙을 물로 씻어내고 민간 경비원들이 게이트 울타리를 닫았다. 항의하러 모인 사람들이 반복적으로 구호를 외치는 가운데 가요와 가즈미는 화장실까지 데려다준다는 경화물차 쪽으로 걸어갔다. 시로마라는 여학생이 뒤에서 다시 한 번 말을 걸어왔다.

집으로 가시는 건가요?

인도에 마련된 철책 우리에서 풀려난 뒤 시로마는 길거리에 서서 플래카드를 들고 공사용 자재를 운반하는 덤프트럭과 트레일러 차량을 향해 줄곧 항의하고 있었다. 젊은 사람들이 용케 버티고 있다는 생각이 들면서도 젊은 세대들이 아직까지도 이런 일을 할 수밖에 없는 상황이 미안하게 여겨졌다.

오늘은 이만 돌아가려고.

그렇게 대답하고 경화물차를 타려 하자 가즈미와 함께 시로마도 가요를 도와주었다.

저, 또 언젠가 다시 오키나와 전투에 관한 이야기를 들려주실 수 있나요?

가요를 바라보는 시로마의 열정적인 눈빛은 반가웠지만 자신이 어디까지 말할 수 있을까 하는 생각이 스쳐 갔다.

기회가 된다면.

애매한 말투로 답하고서 차에 올라탄 가요는 창문 너머로 손을 흔드는 시로마에게 가볍게 고개를 숙여 인사했다. 항구 근처의 화장실을 사용하고 나서 가즈미는 해안 주변 도로에 세워두었던 차를 가지고 와 화장실 앞에서 기다리던 가요를 다시 태웠다.

신호가 초록색으로 바뀌자 가즈미는 핸들을 오른쪽으로 꺾어 세다케 방향으로 향했다. 터널을 빠져나가자 오른편으로 오우라 만이 보였다. 비탈길을 따라 해안도로를 달리는 동안 가요는 오렌지색 부표가 떠 있는 오우라 만을 계속 바라보았다. 도로변에 자라난 목마황 덤불 옆에 차를 세우고 가즈미의 부축을 받으며 세다케 해변에 내렸다. 바다는 잔잔했고 동그랗고 작은 부표 주변에는 작은 물고기 떼가 잔물결을 일으키고 있었다.

바다 건너에는 헤노코 탄약고가 있고 낭떠러지가 이어진다. 그 왼편 안쪽으로 호안과 모래사장이 보였다. 모래사장 앞에는 크레인이 장착된 폰툰과 소형 배 여러 척이 정박해 있다. 그 해변 근처가 바로 자신들의 텐트가 있던 곳인 것 같았다. 간키치와 함께 해변에서 조개를 줍던 날들이 떠올랐다. 왼편으로 뻗은 헤노코 곶에는 크레인이 여러 대 올라와 있다. 공사가 진행되고 있는 것 같았다.

바위를 따라 걷는 간키치의 뒷모습이 눈에 선하다. 조개를 발견하고서 번쩍 들어 보이며 자랑하던 그 미소가 떠오른다. 그 모습은 파도 사이로 손을 뻗으며 도움을 청하는 장면으로 바뀐다. 가요는 쪼그리고 앉아 가슴을 움켜쥐었다. 심장이 뛰고 숨쉬기가 힘들어졌다. 눈앞이 캄캄해졌다.

엄마, 괜찮아요?

가즈미가 등을 쓸어내리며 몇 번이나 묻는다. 대답을 할 수 없었다. 모래사장에 무릎을 꿇고 심호흡을 반복했다. 차츰 가슴의 통증이 가라앉는 듯했다. 잠시 쉬었다가 가즈미의 손을 빌려 일어섰다.

심장에 문제가 있는 것 같아요? 구급차 부를까요?

불안해하는 가즈미를 안심시키기 위해 가요는 지팡이로 바다 쪽을 가리키며 말했다.

그런 게 아니니 걱정 마. 옛날 생각을 하다 보니 심장이 좀 뛰었던 것뿐이야.

이제 좀 가라앉았어요?

그래, 괜찮다.

가즈미의 부축을 받으며 천천히 차로 돌아왔다. 뒷좌석에 앉으며 가요는 숨을 크게 내쉬었다. 집에서 가져온 물통의 물을 마시는 모습을 가즈미가 바라보고 있다.

오늘은 제가 괜히 무리하게 안내했나 봐요. 진작 돌아갈 걸 그랬어요.

무리는 무슨. 전부터 한 번쯤은 와보고 싶었는데 잘됐지. 데리고 와줘서 고맙다.

그런 거라면 다행이지만요.

가즈미는 그렇게 말하며 운전석에 올라 좌우를 확인하고 차를 몰기 시작했다. 터널로 진입할 때까지 가요는 눈을 감고 바다를 보지 않았다.

이사하던 날 아침이 생각난다. 고등학교에 입학한 가요는 기숙사에 들어가기로 되어 있었다. 낡고 비루한 집은 겨우 버티고 있는 상태라 다음 태풍이 몰아친다면 완전히 무너질 게 뻔했다. 석 달 전부터 우시는 밭을 팔고 빚을 내 새 집을 구하고 있었다. 큰아버지의 도움으로 이웃에 있는 낡은 기와집을 구할 수 있었다.

얼마 안 되는 가재도구는 이미 옮긴 터였다. 마지막 날 밤, 가요는 기숙사에서 집으로 돌아와 우시와 미요와 셋이서 저녁을 먹고 추억담을 나누며 하룻밤을 보냈다.

다음 날 아침 가장 일찍 일어난 가요는 조심스럽게 열지 않으면 문틀에서 빠져버리는 널빤지 문을 젖히고 세수하기 위해 우물로 걸어갔다. 집 앞 논에는 벼가 초록빛으로 줄지어 서 있었고 숲에는 이주 꽃이 하얗게 피어 있었다. 하늘은 이미 밝아졌고 숲 위로 금빛 구름 띠가 여러 줄기 뻗어 있다. 퓨루루루루…… 하고 호반새 울음소리가 들린다. 집 주위에 피어 있는 백합과 월도나무의 허얀 꽃에서 향기가 풍겨

온다. 깊게 숨을 들이마시니 몸 구석구석이 맑아지는 것 같았다.

　가요는 우물 안으로 두레박을 떨어뜨렸다. 한 말 정도 담을 수 있는 깡통을 밧줄 끝에 매단 두레박이었다. 물을 퍼 올려 우물 주위에 깔아놓은 산호 파편 위에 내려놓았다. 세수를 하려고 허리를 굽혀 손을 뻗었을 때, 깡통 안에 비친 작은 그림자는 바로 버들붕어였다. 우물에 깡통의 물을 쏟아붓고 웃어 보이는 간키치의 모습이 수면에 겹쳐진다. 그때 그 버들붕어인가. 아니면 그 자식이거나 손자인가. 마을의 집으로 돌아온 뒤 수없이 우물물을 길어보았지만 버들붕어가 물과 함께 길어진 건 처음이었다. 차가운 물속에서 버들붕어는 작은 몸을 이리저리 헤엄치고 있었다.

　문득, 누나 하고 부르는 것 같아 가요는 뒤를 돌아보았다. 기울어진 대문은 열린 채로 있었고 아무도 보이지 않았다. 논에 가득한 물 위로 아침 햇살이 비쳐 푸른 벼의 대열이 떠오른다. 가요는 깡통의 밧줄을 풀고 물을 조금 버려 가볍게 한 다음 논 쪽으로 걸어갔다. 이슬에 젖은 풀을 밟으며 좁은 용수로로 다가가 맑은 물줄기에 깡통의 물을 쏟아부었다. 버들붕어는 조금 떠내려가는 듯하다가 풀숲 그늘의 웅덩이로 들어가더니 이쪽을 다시 바라보았다. 작은 입을 움직거리며 버들붕어는 가요에게 무슨 말을 하는 것 같았다. 그러고는 몸을 반대로 돌려 파란 꼬리를 흔들며 헤엄쳐 나갔다.

가요는 용수로 물로 세수를 했다. 그날 간키치를 돕지 못한 건 죽을 때까지 후회가 될 것이다. 그래도 살아야 한다고 생각했다. 간키치의 몫까지 제대로 살아내 우시와 미요를 도와야 한다고…….

가요를 부르는 우시의 목소리가 들린다. 한 손에는 보따리를, 다른 한 손에는 미요 손을 붙잡고 집 앞에 서 있다. 깡통을 우물가에 내려놓은 가요는 집으로 들어가 옷을 싸놓은 보자기를 들었다. 위패가 놓여 있던 나무상자에 벽 틈으로 아침 햇살이 비치고 있다. 이 작고 허름한 집에서 아버지와 간키치와 함께 지냈구나. 그렇게 생각하니 가슴이 조여드는 것 같았다.

서둘러라.

우시가 재촉했다. 집을 나선 가요는 이미 걷기 시작한 우시의 뒤를 쫓으며 용수로 쪽을 향해 중얼거렸다.

간키치, 우리는 간다.

바람에 벼 잎이 흔들린다. 호반새 울음소리가 아주 나무

꽃이 핀 숲과 강, 그리고 세 사람의 그림자가 비치는 논에 울려 퍼졌다.

역시 매립해버리는 걸까?

터널을 나와 한참을 가고 나서 가요가 물었다. 가즈미는 순간 백미러로 가요의 모습을 쳐다보았다. 꽤 피곤한 것 같았다.

나라가 하는 일이니까요. 막기는 어렵겠지만 그래도 쉽사리 진행시킬 수는 없을 거예요.

그랬으면 좋겠는데.

가요의 말에는 힘이 없었다. 가즈미는 왼쪽 길가에 차를 세우고 뒤차를 먼저 보낸 뒤 가요의 모습을 살폈다.

걱정 마라. 아직 몸은 멀쩡하니까.

가즈미는 고개를 끄덕이고 천천히 차를 움직였다.

아까 바다를 볼 때 간키치 삼촌 생각이 났죠?

응.

가즈미의 물음에 가요는 짧게 대답했다.

침묵이 이어지다 커브가 연이어 나오는 언덕길을 내려가나고 시가지 근처까지 와서야 가즈미가 말했다.

우리들이 잘 기억하고 있을게요.

갑작스런 가즈미의 말이 무엇을 뜻하는지 가요는 알 수 없었다.

간키치 삼촌의 존재는 우리 남매가 잘 기억하고 있다가 자식들에게도 손자들에게도 전해줄게요.

가요는 고맙다고 답하려 했지만 말문이 열리지 않았다. 헤노코로 향하는 것일까. 맞은편 차선에서 대형 덤프트럭이 줄지어 가고 있다. 두 눈을 꼭 감은 가요의 눈가에는 맑은 물에서 헤엄치는 버들붕어의 길고 푸른 꼬리가 흔들리고 있었다.

**참고문헌**

『구전되는 전쟁—시민의 전시 전후 체험 기록 제1~3권』, 나고 시 교육위원회 편집 및 발행.

『나고 시사 본편 3—나고 얀바루의 전쟁』, 나고 시사 편찬위원회 편집, 나고 시청 발행.

『극한의 사람들—나고 얀바루의 전쟁』, 나고 박물관 편집 및 발행.

『오키나와 현사 제10권—오키나와 전투 기록 2』, 류큐 정부 편집 및 발행.

척
후

긴조 가쓰조의 죽음을 전하는 전화가 걸려온 것은 두 달 쯤 전의 일이었다. 전화를 한 이는 국민학교 동창생으로 호향대에서 함께 싸웠던 이라나미 모리야스였다. 아흔이 넘도록 여태 살아 있는 호향대원이 몇이나 되는지 모르지만 모리야스 외에는 연락을 주고받는 이도 없이 살아왔다. 가쓰조가 죽었다는군, 이 소식을 들은 바로 그 순간, 거실 거울에 비친 자신의 얼굴을 바라보았다. 머리카락은 빠지고 얼룩얼룩한 검버섯에 주름살투성이의 생기 없는 아흔 살 노인의 얼굴. 수화기를 들고 자신을 응시하고 있는 거울 속의 눈은 무언가에 겁을 먹은 듯했다.

그렇군…….

더 이상 다음 말이 떠오르지 않았다.

코로나가 유행이라 영결식도 치르지 못한 모양이야. 첫 재도 가족끼리만 보내고 사십구재도 없이 그냥 마무리했다는

데, 요즘 같은 세상에 어쩔 수 없긴 하지만……. 참, 어때? 너는 잘 지내냐?

예전에는 말이 꽤 빨랐던 모리야스도 이제는 느릿느릿해졌다. 서로의 건강에 대해 이야기한 뒤, 코로나가 진정되면 한잔하자며 웃는 모리야스에게 모호하게 대답하고서 전화를 끊었다. 그럴 기회가 없으리라고 생각하는 것은 모리야스도 마찬가지일 터였다.

뒤편에 있는 자신의 방으로 돌아가기 전, 가쓰아키는 거울에 비친 자기 얼굴을 다시 바라보았다. 전장에서 살아남은 모리야스와 가쓰조는 자신들이 아흔이 넘도록 살 것이라고는 생각해본 적이 없었다. 오키나와 전투 당시 가쓰아키와 모리야스는 호향대로, 가쓰조는 철혈근황대로 동원돼 총을 들고 미군과 싸웠다. 그때 세 사람은 모두 열다섯 살이었다. 그로부터 77년의 세월이 흐른 것이다.

그 당시 국민학교 교정에 모여 정렬했던 사람들은 아직 십 대 소년들이었다. 자신들의 고향을 지키는 부대라는 의미의 호향대. 그런 이름이 붙은 부대에서 혹독한 훈련을 받았지만, 막상 전쟁이 시작되자 미군의 공격으로 동료들은 차례차례 전시하고 말았다. 누구나 이번 전쟁에서 자신은 죽은 목숨이나 다를 바 없다고 여겼기 때문에 이 나이가 될 때까지 살 줄은 상상하지도 못했던 것이다.

가쓰조와 마지막으로 이야기를 나눈 것은 35년도 더 전의 일이었다. 그전에도 그 후에도 가쓰조를 의식적으로 피해왔다. 가쓰조뿐만이 아니었다. 국민학교 동창들과도 만나지 않으려 했고 호향대 위령제나 모임에도 참석한 적이 없었다. 교류를 이어온 것은 오직 단 한 사람, 고향집의 이웃이자 불알친구인 모리야스뿐이었다. 그런 모리야스마저도 지난 십여 년간은 일 년에 몇 차례 전화 통화만 할 정도였다. 오랜만에 모리야스가 연락을 주지 않았다면 가쓰조가 죽은 줄도 몰랐을 것이다.

뒷방으로 돌아와 장롱 서랍에서 앨범을 꺼내 국민학교 졸업 사진을 찾아보았다. 갈색으로 변색돼 가장자리가 닳은 사진에는 자신과 가쓰조, 모리야스의 얼굴이 담겨 있다. 남학생들은 죄다 까까머리에 사뭇 진지한 표정이지만 앳된 느낌은 아직 남아 있다. 전쟁이 계속되던 시절이기에 이름에 가쓰勝가 들어가는 동급생이 몇 명이나 더 있었다. 학교 배정으로 치면 같은 학군에 속하는 가쓰조의 집은 멀리 떨어져 있었지만 입학하자마자 서로 친해졌고 모리야스를 포함해 그들 셋은 자주 함께 어울려 놀고는 했다.

부모님이 모두 교원이었고 성적도 좋았던 가쓰조는 국민학교를 졸업한 뒤 중학교에 진학해 이웃 마을에서 하숙하며 지냈다. 가쓰아키와 모리야스는 국민학교 고등과를 나온 뒤 집안 농사를 도우며 청년학교에 다녔다. 가쓰조와는 가끔씩만 보는 사이였지만 그래도 계속 만나고는 있었다.

사이판 섬과 티니언 섬의 옥쇄가 보도되자 오키나와 섬에도 일본군이 배치됐다. 가쓰아키의 마을도 예외는 아니었다. 가쓰아키와 모리야스는 연일 일본군 진지 구축과 방공호 파기, 이에지마 활주로 건설에 동원됐다. 옥쇄 소식을 듣고도 가쓰아키와 동급생들은 결국에는 일본이 승리할 것이라고 믿어 의심치 않았다. 그들의 아버지들은 섬 남부에서 피난 온 사람들을 수용하기 위해 나무를 베어내 산기슭에 오두막을 짓는 일을 했다. 우군에게 공출할 식량 증산에도 힘써야 했다. 국방부녀회 활동에 열심이던 가쓰아키의 어머니는 자신의 텃밭을 가꾸는 일 외에 우군에 대한 협력에도 적극적으로 나서고 있었다.

오키나와 전투가 임박하자 가쓰아키는 동급생들과 함께 호향대에 들어가게 됐다. 국민학교 교정에 모인 학생들은 우군의 지휘하에 참전한다는 소식을 접하고 모두 같은 마음으로 흥분하고 기뻐했으며 의욕도 불태웠다. 자신의 고향을 지키는 대원으로서 총을 들고 싸울 수 있다는 것만으로도 자랑거리가 됐던 것이다.

하지만 호향대의 훈련은 가혹했다. 가쓰아키는 군인칙유軍人敕諭● 암송과 소총 사격 훈련은 잘하는 편이었지만, 몸집이 작고 완력이 약했기 때문에 산중 행군과 포복 훈련, 수류탄 던지기에서는 동료들의 발목을 잡기 일쑤였다. 그럴 때마다 상관에게 거센 질타를 받았다. 가쓰아키 일행을 이끄는 미야기 분대장은 가쓰아키와 같은 마을에 사는 재향군인으로 중국 전선의 경험자였다. 그는 대원들을 가차 없이 때려눕힐 뿐 아니라 연대 책임을 묻는다는 명목으로 전 대원을 마주 보게 한 다음 상대의 얼굴을 때리도록 명령하고는 했다.

이럴 바에야 빨리 전쟁이 시작돼 죽는 게 차라리 낫겠어.

가쓰아키는 차츰 그런 생각이 들었다. 상관의 눈을 끊임없이 의식하고 명령에도 즉각 반응해야 했다. 그는 얻어맞지

---

● 충절·예의·무용·신의·근검을 군인이 지켜야 할 다섯 가지 덕목으로 내세웠으며, 군인은 정치에 관여하지 아니할 것을 명시했다. 2천7백 자에 이르는 장문이다.

않으려 안간힘을 썼다. 미군이 오키나와에 근접했고 상륙도 임박했다는 보고를 들었을 때는 드디어 전투가 개시돼 고된 훈련에서 벗어날 수 있겠구나 싶어 기뻤다.

3월 하순이 되자 공습이 거세지고 앞바다에 모습을 드러낸 미군 함선의 함포 사격이 가쓰아키의 부대가 숨어 있는 산에도 쏟아졌다. 포탄 소리가 잦아들면 방공호나 바위 그늘에 몸을 숨기고 나무 사이로 먼 바다의 모습을 살폈다. 대형 전함 사이로 구축함과 수송함이 지나다니고 겹겹이 늘어선 배들이 수평선을 가로막고 있었다. 엄청난 수의 배에 가쓰아키는 압도당했다.

엄청나게 많아.

그만 오키나와 말을 내뱉은 한 대원이 미야기 분대장에게 호된 꾸지람을 들었다.

호향대의 역할이란 산간 지역을 거점으로 유격전을 전개하고, 상륙한 미군의 후방을 교란해, 최전선에서 싸우는 부대를 돕는 것이라고 배웠다.

다음 날 미야기 분대장을 따라 산꼭대기 인근 암벽에서 해안을 감시하기로 했다. 수 킬로미터 떨어진 해안에 정박해 있는 일본 함선이 미군기의 공격을 받아 검은 연기를 내뿜는 것이 보였다. 간혹 상공으로 쏘아 올린 고사포도 미군기를 떨어뜨리지 못하고 오히려 함포 사격의 집중 공격을 받고 말았다.

일본군 본부가 있는 야에다케에는 이에지마에 상륙한 미군을 격퇴하기 위한 대형 카농포가 설치돼 있다. 그것을 분해해 운반할 때는 제3중학교 학생들도 힘을 보탰다. 이런 이야기를 듣고서 가쓰조도 참전하려 했구나 하는 생각이 들어 기뻤다. 그러나 이후 모리야스에게 들은 이야기로는 일본은 미군의 반격이 두려워 단 한 발도 쏠 수 없는 상황이라고 했다. 고사포 진지가 괴멸되는 모습을 목격하고 모리야스의 말이 사실이구나 싶었지만 가쓰아키는 자신의 의견을 발설하지 않도록 주의했다.


요미탄 부근 해안에 미군이 상륙했다는 소식이 전해진 다음 날, 가쓰아키를 포함한 십여 명이 척후로 뽑혔다. 모두 가쓰아키와 마찬가지로 몸집이 작고 앳된 얼굴이었다. 헐렁헐렁한 군복 대신 지저분한 기모노로 갈아입었다. 신발도 땅바닥에 팽개쳐둔 낡은 짚신이나 버선에 고무 밑창을 댄 지카타비로 갈아 신었다.

척후를 이끄는 임무를 맡은 이십 대 중반의 다카하시 소위는 말투도 지도하는 방식도 공손했다. 그는 정찰 방법과 정보전에 대해 알려주었고 미군과 맞닥뜨릴 때 주의할 점에 대해서도 일러주었다. 미군은 여자나 아이라도 도망치면 발포한다. 그러니 미군과 마주치더라도 절대 도망쳐서는 안 된다. 침착하게 생글생글 웃으며 다가가 가볍게 인사하고 지나갈 것. 만약 미군이 불러 세운다면 마을 아이처럼 행동할 것. 미군의 의심을 받아 붙잡히면 수용소 내부 모습을 잘 관찰하고 기억해두었다가 나중에 빠져나와 상관에게 보고할 것.

그렇게 지시하는 다카하시 소위에게 대원 중 한 명이 놀란 표정으로 물었다.

살아서 포로의 수모를 당하지 않는다, 이렇게 배웠는데 아닌가요?

다카하시 소위는 온화한 표정으로 대답했다.

그래, 포로가 되지 않도록 노력해야지. 하지만 호향대의 임무는 오래 살아남아 더 많은 정보를 수집하고 미군의 동향을 파악해 본토 결전에 도움을 주는 데 있어. 설사 포로가 되더라도 포기하지 말고 정보를 수집하는 게 중요하다. 그러니 결코 섣불리 죽으려 해서는 안 돼. 어떤 상황에서도 침착

208

하게 대처하면 빠져나갈 구멍은 있으니까 말이야. 자네들의 역할이 굉장히 중요하니 최선을 다하도록.

다카하시 소위의 말에 감격한 대원들은 모두 기세가 등등해졌다. 그동안 왜소한 체격이나 무능함 때문에 열등감을 가질 수밖에 없었던 이들은 지금이라도 체격 조건을 살려 우군에게 도움을 줄 수 있게 된 것에 안도했다. 폭력과 폭언을 일삼았던 같은 마을 출신의 분대장과 달리 다카하시 소위는 상냥하고 배려심이 많았다. 기대를 한 몸에 받으며 씩씩하게 서 있는 대원들의 모습을 지켜보는 다카하시 소위도 꽤 만족스러운 듯한 표정이었다.

척후 대원들은 자신의 출신 지역에서 정찰 활동을 하기로 했다. 가쓰아키는 자하나와 기시모토라는 두 상급생과 행동을 같이했다. 산속에는 숯을 굽거나 목재를 자를 때 오가는 좁은 길이 미로처럼 뻗어 있었다. 아버지가 숯쟁이라는 기시모토는 산길을 잘 알고 있었다. 그는 일행을 마을 중심부가 내려다보이는 고지대로 안내했다. 국민학교에 본부를 두고 있던 일본군은 이미 산속으로 숨은 상황이었다. 대신 교정에는 미군 천막이 열 개 이상 늘어서 있었다. 또 탄약이나 식량으로 보이는 상자들도 산더미처럼 쌓여 있었다. 미군의 진격을 막기 위해 벤 소나무 가로수는 한쪽에 정리돼 있었고 도로에는 미군 트럭과 지프가 오가고 있었다. 길목에는 보초가 서 있다. 미군의 배치와 마을 상황을 지켜본 세 사람은 저마다 기억에 새겼다.

진지로 돌아온 그들은 다카하시 소위에게 마을 상황을 보고했다. 세 사람 중에서도 가쓰아키의 보고가 가장 상세했다. 두 선배들도 놀라는 눈치였고 다카하시 소위도 자신의 머릿속에 마을 모습이 그려진다며 가쓰아키의 보고에 감탄했다. 가쓰아키는 기뻐서 어쩔 줄 몰랐다. 더욱더 성과를 내고 싶다는 생각이 들었지만 가쓰아키의 마음을 간파한 듯이 다카하시 소위는 무리해서는 안 돼, 신중하게 해야 해, 라고 웃으며 주의를 주었다. 가쓰아키는 얼굴이 달아올랐다. 다카하시 소위의 말이 맞는다고 스스로를 다잡았다.

장소를 옮겨 나흘가량 다 같이 원거리 정찰을 완수한 뒤, 세 사람은 각자 하산해 마을 내부를 정찰하기로 했다. 그날 아침 다카하시 소위는 그 어느 때보다 세심하게 주의를 주었다. 단독 정찰은 스스로 생각하고 판단해야 하니 조금이라도 위험을 감지하면 즉시 정찰을 중지하고 필요 이성으로 행동하지 말 것. 미군의 의심을 받는 것 같으면 일단 자기 집으로 돌아가도 좋지만 밤이 돼 미군이 보이지 않으면 부대로 복귀할 것 등을 지시한 뒤, 마지막으로 어떠한 상황에서도 냉정함을 잃지 말라고 늘 하던 말을 덧붙였다.

가쓰아키 일행 셋은 숲의 오솔길을 따라 고지대로 올라가 마을의 전체 모습을 확인한 다음 마을로 내려갔다. 시간을 많이 소비하지 말고 점심 무렵에는 다시 고지대에 모이기로 서로 약속했다.

가쓰아키의 역할은 미군 부대가 주둔하고 있는 국민학교 근처까지 가서 미군의 경비 체제를 확인하고 고지대에서는 보이지 않는 마을 내부를 살피는 일이었다. 마을 안에서 안면이 있는 사람들과 마주치지는 않을지 신경이 쓰였다. 하지만 남자들은 현지 소집됐거나 방위대에서 싸우고 있었기 때문에 마을에 남아 있는 사람 대부분은 노인과 여성, 어린이들이었다. 그들은 미군이 두려워 집에 숨어 있는 듯했다. 가쓰아키는 마을 사람들과 마주치는 일 없이 국민학교 근처까지 갈 수 있었다.

네거리에 서 있는 미군 보초가 경계하는 눈으로 가쓰아키를 바라보았다. 소총 방아쇠가 손가락에 걸려 있었다. 심장이 격하게 고동치고 가슴이 답답해 견딜 수 없었다. 침착해, 침착해라, 스스로에게 두 번 타이른 후 그는 미소를 지으며 인사했다. 스무 살쯤 돼 보이는 미군은 벌겋게 그을린 얼굴에 험악한 표정을 지으며 저리 가라는 듯 손을 저었다.

도로변의 커다란 가주마루 나무 아래에는 지프 한 대가 서 있었다. 지프에 탄 미군 두 명도 가쓰아키를 바라보고 있었다. 그 가운데 한 명이 헤이 하는 말과 함께 가쓰아키 발밑으로 무언가를 던졌다. 하얀 먼지를 일으키며 굴러온 것은 과자 같았다. 순간 당황스러웠지만 가쓰아키는 쭈그리고 앉아 초콜릿이 든 것 같은 감색 봉지를 집어 들고서 미군에게 웃어 보였다. 초콜릿을 던진 미군도 웃으며 손을 들어 보였다. 운전석에 앉아 있던 미군은 담배를 피우며 가쓰아키를 관찰하듯 바라보고 있었다. 도망친다는 느낌을 상대가 받지 않도록 주의하며 가쓰아키는 느린 걸음으로 길을 돌아 나왔다.

옆길로 접어든 가쓰아키는 미군의 시야에서 벗어난 것을 확인한 뒤 멈춰 서서 크게 숨을 내쉬었다. 손에 든 초콜릿을 덤불 속에 던져버린 후 돌아서서는 미군이 쫓아오지 않는다는 것을 재차 확인했다. 땀으로 옷이 몸에 달라붙어 있었다.

더 이상 이 부근을 정찰하는 것은 위험하다고 판단해 산 쪽을 향해 걸었다. 모처럼 마을까지 내려왔는데 성과도 거의 없이 복귀하는 게 분했다. 문득 어떤 생각이 번쩍 떠오른 가쓰아키는 자신의 집으로 향했다.

집에 들어섰을 때, 제일 먼저 가쓰아키를 발견하고 소리를 내지른 것은 열한 살 여동생 게이코였다.

*가쓰아키 오빠, 돌아온 거야?*

여동생의 목소리를 듣고 안에서 뛰쳐나온 어머니와 두 남동생이 가쓰아키에게 달려들었다. 와락 안기는 여덟 살 후미아키와 여섯 살 유조의 머리를 쓰다듬었다. 다친 곳은 없느냐고 묻는 어머니에게 가쓰아키는 말없이 고개만 끄덕였다. 어머니가 들어가자며 형제들을 다그쳐서 가족들 모두 집 안으로 들어갔다.

*이 옷은 어떻게 된 거냐?*

가쓰아키가 입고 있는 너덜너덜한 옷을 보고 놀란 어머니는 갈아입을 옷을 당장 가지고 올 기세였다. 가쓰아키는 어머니를 말리며 목소리를 죽여 말했다.

임무가 있어서 마을로 내려온 거예요. 지금 바로 돌아가야 해요.

어머니는 가쓰아키를 바라보며 아침에 삶은 고구마가 아직 있단다…… 하며 냄비에서 고구마 두 개를 꺼내 된장 양념을 곁들여 접시에 담아 내밀었다.

*고구마 먹을 시간 정도는 있잖니. 어서 먹고 가거라.*

가쓰아키는 고구마 한 개를 둘로 나눠 동생들에게 주었다. 어머니는 게이코에게 동생들을 데리고 밖에 나가 놀고 있으라고 말했다. 불만스러운 표정을 짓는 동생들을 향해 어머니는 형 몫의 고구마까지 받았으니 어서 밖으로 나가거라, 하고 매섭게 말했다. 동생들은 어쩔 수 없다는 듯이 밖으로 나갔고 그제야 가쓰아키는 마루에 걸터앉아 껍질을 벗긴 고구마를 한입 가득 베어 물었다. 세 번 정도 베어 먹자 고구마는 순식간에 자취를 감춰버렸다. 어머니가 물병에서 따른 물도 다 마셔버린 뒤, 가쓰아키는 새삼스러운 어조로 물었다.

*마을 사람 중에 미군에게 협력하고 있는 사람은 없겠죠?*

어머니는 어리둥절한 표정으로 가쓰아키를 쳐다보다 마침내 아들의 의도를 헤아린 듯했다.

*조금만 기다려라.*

어머니는 안방으로 들어가더니 잠시 후 사등분으로 접은 종이쪽지를 들고 돌아왔다. 문간을 살핀 후 가쓰아키에게 종이쪽지를 슬쩍 건넸다.

이 두 사람이야. 얼마 전에 미군 지프차를 타고 산으로 올라가더구나.

가쓰아키는 종이쪽지를 받아 목에 걸린 주머니에 넣었다.

또 이 두 사람은 미군을 위해 위안소까지 만들어서 요정 여자들에게 미군을 상대하라고 요구하고 있어. 용서해서는 안 되는 자들이야.

어머니는 아버지와 함께 농사를 짓기도 했지만 마을 국방 부인회의 중심적인 존재이기도 해서 아버지보다 책과 잡지를 더 많이 읽는 편이었다. 가쓰아키 앞에서 쪼그리고 앉아 말하는 어머니의 목소리는 분노로 가득 차 있었다. 동시에 어머니의 눈은 불안감에 흔들리는 듯했고 그것을 본 가쓰아키의 마음도 술렁이기는 마찬가지였다. 어머니는 두 손으로 가쓰아키의 몸을 매만지며 정말 괜찮은 게냐? 밥은 잘 먹고 지내지? 하고 물었다. 가쓰아키는 아무 걱정 마세요, 하고 대답하고는 다시 물었다.

또 다른 협력자는 없어요?

어머니는 조금 생각해보더니 고개를 살짝 저었다.

미군들을 상대하지 않으면 안 되는 경우도 있지만 미군과 한통속이 돼 마을 사람들에게 협력하도록 만드는 건 이 두 사람이야. 한낮에는 미군들이 마을 구석구석을 돌아다니지만 마을 사람들은 아무렇지도 않아. 미군들이 아무 짓도 하지 않거든. 밤이 되면 학교에 있던 미군들은 어디론가 다 사라져 버려.

문득 어머니의 표정이 부드러워지더니 손으로 내쫓는 시늉을 했다. 뒤돌아보니 문간에서 동생들이 들여다보며 웃고 있었다.

오빠랑 좀 더 할 얘기가 있으니 셋이서 놀고 있거라.

어머니의 말에 여동생 게이코가 고개를 끄덕이며 동생들을 데리고 나갔다. 무심코 웃어버린 가쓰아키는 방심해서는 안 된다, 적이 가까이 와 있을지도 모른다, 하고 마음을 다잡았다.

미군에게 살해당한 사람은 없어요?

방공호 위에 함포가 떨어져 옆 마을의 신리네가 생매장됐는데 다섯이 죽고 여자아이 하나만 살아남았다는 소문이 있긴 해……. 나하에서는 피난민이 도망치다 사살됐다고 들었어.

가쓰아키는 미군이 마을 사람들에게 손을 대고 있지 않

은 것에 안심했지만 동시에 당혹감도 일었다. 재향 군인은 물론이고 동료들까지도 미군이 상륙하면 마을 사람들을 몰살시키고 여자는 강간하며 아이들마저 사정없이 죽인다고 말하곤 했다. 어머니의 말도 그렇고 조금 전에 마주한 미군들의 모습, 그리고 자신을 향한 그들의 미소는 모두 의외였다.

지금은 주민들을 길들이기 위해 친절한 척할 뿐이야.

그렇게 판단한 가쓰아키는 서둘러 산으로 복귀해야 한다고 어머니에게 말했다. 밖으로 나가자 마당 한쪽 구석에 쪼그리고 앉아 게이코가 땅에 그리는 그림을 보고 있던 동생들이 달려들었다. 두 동생의 어깨에 손을 얹고 그만 가야겠다고 인사하자 울상이 된다. 어머니가 동생들의 손을 잡으며 형은 곧 돌아올 거라고 토닥여주었다.

무리하지 말거라. 꼭 돌아와야 해.

어머니의 말에 고개를 끄덕이며 세 동생에게 작게 손을 흔들어주었다. 가쓰아키는 서둘러 집을 나섰다.

산으로 들어간 가쓰아키는 바위 그늘에서 휴식을 취하며 태양의 위치를 확인했다. 그러곤 약속한 대로 점심 무렵 고지대에서 자하나와 기시모토를 만나 부대로 복귀했다. 골짜기로 가지를 뻗은 큰 나무 아래에는 부대 오두막이 세워져 있었다. 조금 떨어진 곳에서 볼일을 봐야겠다고 말하며 가쓰아키는 나무 그늘로 숨어 들어가 어머니에게 받은 종이를 꺼내 재빨리 펼쳐보았다. 연필로 쓰인 이름들 가운데 한 명은 가쓰조의 아버지였다. 다른 한 사람은 요정을 경영하는 마을의 중심인물이었다.

종잇조각을 원래대로 접어놓고 걸으면서 생각했다. 이것을 다카하시 소위에게 건넨다면 이 두 사람은 어떻게 되는 걸까. 우군에게 처형당하는 걸까. 가쓰조의 얼굴이 떠올랐다. 아니, 그렇게까지는 안 될 거야. 붙잡혀서 취조는 당하겠지만 그렇게까지는 안 될 거야. 미군 협력자는 스파이나 다름없는데 그걸 알고서도 잠자코 있을 수는 없어. 우리들의 고향인 섬을 지키기 위해서는 임무를 다해야 해. 그 때문에 호향대가 된 거잖아. 가쓰아키는 망설이며 갈팡질팡하는 자신을 꾸짖었다.

세 사람이 다카하시 소위에게 척후 보고를 마치고 나서 가쓰아키는 잠시 시간을 두고 다시 다카하시 소위를 찾아갔다. 종잇조각을 건네고 어머니의 말을 전하자 다카하시 소위는 종잇조각을 가슴 주머니에 넣으며 잘했다고 가쓰아키의 어깨를 두드려주었다. 힘차게 경례를 한 가쓰아키는 한

껏 고양되어 자신의 분대로 돌아갔다.

한참 시간이 흐른 뒤, 만약 그때 종이쪽지를 열지 않고 두 사람이 누군지도 모른 채 상관에게 건네줬다면 이렇게 고통받지 않아도 됐을까 하는 생각도 해보았다. 이름을 보지 말고 어머니가 한 말을 전할걸 그랬나. 그렇게 했다면……, 아니 애초부터 다카하시 소위의 마음에 들겠다는 욕심을 부리지 않고 집에도 들르지 않았더라면 아무 일도 없었을 것이다. 그런 후회가 두고두고 일었다.

가쓰아키는 척후 임무를 계속했지만, 호향대의 다른 동료들은 미군 탄약고를 공격하거나 미군이 사용하지 못하도록 다리를 파괴하고 마을의 집을 불태우는 일을 했다. 그때마다 미군의 공격은 거세졌고 전사자도 늘어났다. 가쓰아키의 동급생으로 오키나와 스모를 제법 잘 하던 고치는 머리에 소총탄을 맞고 즉사했다. 분대장 미야기는 포탄 파편에 복부가 찢겨 그 사이로 비집고 나온 내장을 누르며 버티다 몇 시간이나 고통을 겪은 끝에 숨졌다. 다리를 크게 다친 오시로는 철수할 때 자력으로 움직이지 못하게 되자 동료들이 수류탄을 쥐어주곤 그를 남겨둔 채 그냥 떠나고 말았다. 여러 명의 죽음을 목격했지만 아무것도 느끼지 못했다. 가쓰아키 자신도 언제 죽을지 모르는 상황이었고 죽는다면 최대한 고통 없이 죽었으면 좋겠다고 바랐다.

유격전을 벌인다 해도 기껏해야 징병 연령에 달하지도 못한 소년들을 모아 만든 벼락치기 부대에 불과했다. 병사도 물량도 압도적으로 우세한 미군이 육해공에서 공격을 퍼부으면 당해낼 도리가 없었다.

궁지에 몰린 부대는 결국 해산됐고 집으로 돌아온 가쓰아키는 어머니와 세 동생을 지키며 살아남기 위해 필사적으로 노력했다. 방위대에 소집돼 군수품을 실어 나르는 치중병으로 남부로 이동했다는 아버지는 끝내 돌아오지 않았다. 어른들 틈에 끼어 미군 쓰레기장에서 먹을 것을 찾아 헤매거나 때로는 창고나 운송 차량에서 물자를 훔쳐 전과를 올리는 날들을 보내던 차에 가쓰아키는 우연히 만난 동급생 한 명에게서 가쓰조의 아버지가 일본군에게 살해됐다는 소식을 전해 들었다.

나 때문이다. 그는 곧장 그런 생각이 들었다. 자신이 한 일이 가쓰조나 다른 동료들에게 알려진다면…… 불안이 엄습했다. 디키히시 소위를 비롯한 호향대 상관들이 미군에게 투항했다는 소문도 들렸다. 그들이 정보를 누설한 것 같지는 않았다. 자신과 어머니가 잠자코 있으면 아무도 모를 일이다. 그렇게 생각하면서도 불안감은 쉽게 사그라들지 않았고 가능한 한 당시의 기억을 마음속 깊은 곳에 욱여넣으며 잊어버리려고 애썼다. 그는 동급생이나 호향대 동료들과 마주치지 않도록 노력했고, 주민의 이동을 제한하는 미군의 감시가 느슨해진 틈을 타 곧장 마을을 떠나버렸다.

아버지를 대신해 어머니를 돕고 세 동생도 학교에 보내야만 했다. 군 작업이나 항만 작업, 토목 작업 등 섬 중부에서 할 수 있는 일은 무엇이든 가리지 않았다. 돈을 벌면 바로 집으로 보냈다. 어머니는 작은 밭을 일구며 돼지를 길러 세 동생을 키우고 있었다. 가쓰아키가 강하게 설득했지만 여동생 게이코는 고등학교에 진학하지 않고 중학교를 졸업하자마자 나하로 나가 일을 하기 시작했다. 가쓰아키는 두 남동생의 학비를 벌기 위해 일에 몰두해 바쁘게 사는 것과 술의 힘을 빌리는 것으로 전쟁 기억을 봉인하고자 했다.

그렇지만 문득 봉인이 해제되는 날도 있었다. 그때마다 마시는 술의 양이 늘어갔다. 그 시절에는 그렇게밖에 할 수 없었다. 일단 군 조직에 들어가면 상관의 명령에 절대복종

해야 한다. 자신의 힘으로는 어쩔 수 없었다. 태어날 때부터 그런 교육을 받고 자란 열다섯 살의 자신이 과연 무엇을 할 수 있었겠는가. 자신이 한 일은 어쩔 수 없었던 것이다…….

아무리 자신에게 타일러보아도 마음속 깊이 응어리진 꺼림칙함과 죄책감은 사라지지 않았다. 그렇다고 가쓰조에게 모든 것을 털어놓을 용기도 나지 않았다.

막내 남동생 유조가 고등학교를 졸업했을 때, 곧 서른 살을 맞이할 무렵이던 가쓰아키는 고자의 작은 건설회사에서 일하고 있었다. 그는 자주 식사하러 들르던 식당의 여종업원 사키하마 교코와 가깝게 지내다 함께 살게 됐다. 중부 출신인 그녀도 전쟁으로 아버지를 여의었다고 했다. 동생들을 위해 일찍부터 일을 해온 것도 마찬가지였다.

둘은 열심히 벌어 네 아이를 키워냈고 자신들의 집도 지었다. 후미아키와 유조는 각각 가나가와와 오사카로 나가 집단 취업을 한 상태였다. 혼자 사시는 어머니를 모시고 와 같이 살고 싶었다. 집과 밭을 팔아 그 돈으로 새 묘를 조성하고 남은 돈은 어머니의 노후를 위해 쓰고 싶었다. 가쓰아키의 생각에 세 동생들도 동의했고 남동생들은 학비를 계속 보내준 것에 감사했다.

어머니의 이사가 마무리됐을 때, 그는 그동안의 고생을 보답 받은 것 같았다.

가쓰아키가 가쓰조와 40년 만에 만난 것은 정말이지 우연이었다. 크레인과 굴삭기 면허를 따 건설 회사에서 일해온 가쓰아키는 주말이면 직장 동료들과 술을 마실 기회가 많았다. 그날은 모두와 헤어진 뒤 혼자 어느 술집으로 들어갔다. 처음 간 곳이었는데 문을 열자 안쪽 소파에 열 명가량의 손님이 이미 자리 잡고 있었다.

카운터에 앉아 아와모리를 시키고 물수건으로 얼굴을 닦고 있는데 안쪽에서 한 남자가 다가와 말을 걸었다.

가쓰아키 아냐? 나 가쓰조야. 알아보겠지?

머리가 희끗희끗하고 얼굴에는 나이에 걸맞은 주름살이 새겨져 있었지만 소년 시절의 모습이 여전히 남아 있었다. 가쓰아키는 온몸에 땀이 솟구쳤다. 물수건을 쥔 손도 떨렸다.

오랜만이구나. 잘 지냈지?

카운터 옆자리에 앉은 가쓰조는 자신이 가져온 아와모리 병을 내려놓고 잔 두 개를 새로 시켜 술을 따랐다. 가쓰아키는 새 잔에 자신의 술과 가쓰조가 따라준 술을 합치고는 입으로 가져갔다.

전쟁이 끝나고 처음인가?

그렇게 묻고 웃는 가쓰조에게 가쓰아키는 자신이 긴장하고 있다는 것을 눈치채지 못하도록 미소를 지어 보였다.

그러네.

너는 동창회에 한 번도 나오지 않았잖아. 잘 지내고 있었냐?

그럼, 잘 지냈지. 너도 변함이 없구나.

대답하면서 눈을 안쪽 자리로 돌리자, 거기에는 젊은이부터 오십 대 중년의 사람들까지 열 명 정도가 앉아 있었고 여자도 섞여 있었다.

오늘은 미군이 저지른 사건에 항의하는 집회가 있었어. 조합원이다 보니 집회에 더러 참가하는데 지금은 뒤풀이 회식 중이었어. 내일은 쉬는 날이고.

가쓰조가 고등학교 교사로 일하고 있다는 건 모리야스에게 들은 적이 있었다. 가쓰조는 건설 현장에서 일해온 자신과 비교해 얼굴색이 희고 훨씬 젊어 보였다.

전쟁 중에 넌 호향대에 있었지?

기습적인 질문을 받은 가쓰아키는 당황했다. 가쓰조는

빨개진 눈으로 웃으며 아와모리 병을 들고 가쓰아키의 잔에 술을 따랐다.

내가 나고의 미군 쓰레기장에서 통조림을 줍고 있을 때 그 앞을 지나가던 너에게 말을 걸었던 것 기억 나냐?

아니, 기억 안 나.

가쓰아키의 대답을 들은 가쓰조의 얼굴은 진지한 표정이었다.

그때 난 너를 보고 살아 있었구나 하는 마음에 반갑게 말을 걸었는데 너는 돌아서서 너무 놀란 표정을 짓고 있었어. 그러고는 빠른 걸음으로 떠나버렸지. 난 정말 화가 났어. 뭐야, 이 자식 하고 말이야. 그런데 곰곰이 생각해보니, 넌 호향대였으니 어쩌면 미군의 정황을 살피러 마을로 내려왔을 수도 있겠더라고. 사정이 있겠지 하고 나 나름대로 이해하고 넘어갔는데, 정말 그때가 기억 안 나?

가쓰아키는 나고 마을로 정찰 간 적이 몇 번인가 있었다. 그때 어디선가 가쓰조가 봤을 수도 있다. 하지만 그가 말을 걸어 뒤돌아본 기억은 전혀 없다. 물론 가쓰조가 이야기를 억지로 지어낸 것은 아닐 터이다. 가쓰아키는 기억의 한 부분이 결락돼 있다는 사실에 불안감이 증폭됐다.

글쎄, 전쟁 중의 일은 나도 단편적으로만 기억하고 있어서 말이지. 나중에 동창이나 선배한테 이야기를 듣고서 아, 그런 일도 있었구나 하는 일도 많더라고.

가쓰조는 아와모리를 마시며 이야기를 이어나갔다.

그때 나는 산에서 우군 병사들과 같이 있었는데 먹을 것을 찾아서 그들한테 가져다주곤 했어. 한번은 미군이 버린 담배를 주운 적이 있어. 아버지가 담배를 좋아하셨기 때문에 언젠가 만나면 드려야지 하는 마음으로 내 사물함에 넣어두었는데 병사들에게 들켜버린 거야. 왜 이런 걸 숨겼냐고 크게 혼이 났지. 마을에 내려갔을 때 미군과 접촉한 건 아니냐며 의심하는 병사도 있을 정도였어. 이 녀석을 그냥 죽여 버리자고 말하는 사람도 있었어. 다른 병사가 막아줘서 겨우 살긴 했지만 말이야.

말을 하면 할수록 가쓰조의 얼굴이 험악해졌다.

오키나와 사람들을 제멋대로 스파이 취급했잖아. 내가 주워 온 미군의 잔반을 먹고 사는 주제에. 자기들이 담배를 피우고 싶다면 그렇게 말하면 될 일이지.

이렇게 내뱉듯이 말하며 가쓰조는 회전의자를 돌려 가쓰아키 쪽을 바라보았다.

우리 아버지도 똑같은 상황 때문에 죽었어. 스파이로 의심받아서 말이야. 네 아버지도 방위대에서 돌아가셨지. 전쟁이 없었다면 우리 아버지들은 죽지 않아도 됐고, 우리도 좀 더 편하게 살 수 있었을 텐데……

가쓰조의 말은 어느새 고향 말투로 변해 있었다. 그가 어두운 눈을 하고 있는 건 내가 한 일을 죄다 알고서 말을 걸고 있는 게 아닐까 하는 억측을 할 수밖에 없었다. 가쓰아키는 바로 지금이 모든 것을 털어놓을 처음이자 마지막 기회라고 생각했다.

네 아버지가 어떻게 살해당했는지 알고 있어?

가쓰아키의 물음에 가쓰조는 잔을 내려놓으며 답했다.

한밤중에 일본군에게 끌려가 서쪽 곶에 있는 고구마밭에 꿇어앉혀 일본도에 이렇게 목이 잘린 모양이야.

일본도로 이렇게……, 라고 말할 때 가쓰조는 손날로 자신의 목 뒤를 가볍게 쳤다.

마을 사람들 여럿이 목격했다더군. 하지만 아무 말도 못했을 테지. 시절이 시절이었으니까. 시신을 묻는 건 도와줬다는데, 나도 거기까지밖에 몰라.

가쓰아키는 그렇구나 하고 작게 대답하는 것 외에 다른

말을 할 수 없었다. 가쓰조가 이내 되물었다.

네 아버지의 마지막은 알고 있냐?

가쓰아키는 고개를 저었다.

몰라. 일본군과 함께 시마지리로 철수했다는데, 어디서 돌아가셨는지는 몰라.

잠시 침묵이 흐른 뒤 가쓰조가 중얼거리듯 말했다.

유골이 있으니 그나마 내가 나은 편일 수도 있겠다.

그 말을 듣고서 털어놓으려면 지금밖에 없다고 생각했다. 하지만 가쓰아키는 말문을 열지 못했다.

어머니는 건강하시지?

가쓰조가 물었다. 가쓰아키는 누군가 가슴 깊은 곳을 날카로운 손톱으로 움켜쥐는 것 같았다.

응, 건강하시지. 지금은 나와 함께 살고 계셔.

가쓰조는 조금 전보다 누그러진 표정이 돼 절절한 어조로 이야기를 이어나갔다.

적어도 어머니라도 잘 보살펴드려야지. 아버지가 돌아가셔서 큰 어려움을 겪으셨을 테니 말이야. 전후에 식량이 없어 어려움을 겪고 있을 때 너희 어머니가 고구마와 채소를 나눠주셔서 큰 도움이 됐다고 우리 어머니는 지금도 감사해하고 있어. 어머니께 안부 전해주라.

웃으며 자리에서 일어선 가쓰조는 가쓰아키의 어깨를 툭툭 치더니 아와모리 병을 남겨둔 채 직장 동료에게 돌아갔다.

순간 자신과 어머니가 한 짓을 원망하지 않을까 하고 경계하던 가쓰아키는 허를 찔린 기분이 들었다. 그 후로도 그는 반시간 정도 홀로 술을 마셨다. 떠들썩한 안쪽 자리로 가서 가쓰조를 불러내 다시 둘이서 이야기할 기운이 없었다.

가쓰조 일행의 교원들이 가게를 나설 때, 가쓰조는 카운터에 앉아 있는 가쓰아키에게 가끔 동창회에 나오라고 말하며 가볍게 인사하고는 나가버렸다.

그 후에도 가쓰아키는 혼자 계속 술을 마셨다. 취기가 돌면 돌수록 가슴에서 분노가 치밀어 올라왔다. 가쓰조에게 모든 것을 털어놓지 못한 자신에 대한 분노만이 아니라, 거대한 힘으로 자신들을 농락하고 아무리 발버둥 쳐도 어쩔 수 없다는 무력감을 강요하는 그것, 그 무언가에 대한 분노는 풀릴 길이 없었다. 이제 와서 말해봤자 무슨 소용인가. 그 말이 끝까지 가슴속에서 요동치며 깊은 무력감에 빠져들게 만들었다. 그것은 지금까지도 되풀이되고 있다. 그날 밤이 가쓰조와 이야기한 마지막이었다.

같이 살던 어머니는 여든 살이 넘어가자 부쩍 말수가 줄고 무표정한 표정으로 지내는 날이 많아졌다. 평소에 귀여워하던 손자가 말을 걸어도 반응을 보이지 않았고 가쓰아키가 불러도 눈을 맞추지 않았다.

어머니와 가쓰아키는 전쟁 중의 일을 가능한 한 꺼내지 않으려 했다. 어머니 역시 가쓰조 아버지의 일에 대해서는 기억하지 않으려 애썼던 것 같다. 전쟁이 끝난 후 일찌감치 마을을 떠난 가쓰아키보다 마을에 남아 생활해온 어머니가 정신적으로 부담이 더 컸을 것이다. 가쓰아키가 젊은 나이에 무리해서라도 집을 새로 짓고 어머니와 함께 살게 된 이유 중 하나도 바로 이 때문이었다.

아버지와 살던 집과 밭, 묘와 위패를 지키고 마을에서 농사를 이어가는 것이 어머니의 바람이었을지도 모른다. 그러나 새 집에 불단을 만들고 묘도 조만간 가까운 곳으로 옮길 거라 설득하고 또 손자도 돌봐 달라 부탁하며 억지로 이사를 했다.

어느 날 가쓰아키는 신문을 읽다가 부고란에서 가쓰조의 어머니 이름을 보게 됐다. 나이와 주소, 유족란에 쓰인 가쓰조의 이름을 확인한 그는 안절부절못하며 어머니 방에 들어갔다. 어머니는 침대에 앉아 마당을 바라보고 있었다. 치매가 진행된 어머니는 매일 몇 시간씩이나 그러고 계셨다. 작은 연못 옆으로 게라마철쭉의 붉은 꽃이 만개했다. 가쓰아키는 어머니 옆에 앉아 손을 잡고 조용히 말을 걸었다.

긴조 가요 아주머니가 돌아가셨어요. 우리와 같은 마을에 살았던 분인데 기억하시겠어요?

어머니는 마당을 바라본 채 꼼짝도 하지 않았다. 일어나 앞으로 돌아가 어머니를 바라보니 얼굴에 미소가 번지고 있었다. 몇 년 만에 보는 표정 변화였다. 무심코 어머니의 손을 놓은 가쓰아키는 소름이 돋은 자신의 팔을 쓰다듬었다. 얼굴 주름이 한층 깊어진 어머니는 틀니가 다 보일 정도로 크게 소리 없이 웃고 있었던 것이다. 시선은 계속 마당을 향해 있었다. 어머니, 하고 말을 걸자 원래의 무표정으로 돌아왔다. 그것은 가쓰아키가 본 어머니의 마지막 웃는 얼굴이었다.

그해 겨울에 어머니는 돌아가셨다. 어머니의 온화한 얼굴을 보고 이제야 편안해지셨구나 싶었다. 어머니 유품을 정리하다 장롱 서랍에서 신문 전단지 뭉치를 발견했다. 일기를 쓸 때 참고하려 했는지 날짜와 그날 있었던 일들이 난삽하게 적혀 있었다. 버려야겠다고 생각하며 대충 메모 내용을 보는데, 가쓰조의 어머니 이름이 눈에 띄었다. 이름에는 X 표시가 돼 있었고 격렬한 분노와 증오의 말이 여러 장에 걸쳐 적혀 있었다. 치매가 심해지기 시작했을 때 쓴 걸로 보이는데, 실제 일기장에는 메모 내용이 그대로 적혀 있지는 않았다.

뭔가 보지 말아야 할 것을 봐버린 것 같아 가슴이 답답해졌다. 검은 볼펜으로 마구 갈겨쓰듯 쓴 글씨를 보고 있자니 어머니의 가슴속 깊이 잠재한 그 감정이 죄책감이라는 말로는 표현될 수 없는 복잡한 감정이었음을 짐작할 수 있었다. 자신이 마주하지 않으려 해왔던 것이 분출되고 있는 것 같아 마음이 아팠다. 어머니도 그도 서로 그 일을 건드리지 않음으로써 어떻게든 살아온 것이다. 전단지 뭉치를 들고 뒷마당으로 나가 라이터로 불을 붙여 메모들을 처분했다.

어머니의 죽음은 가쓰아키에게 큰 전환점이 됐다. 가쓰아키도 이미 육십 대 중반이 돼 아내와 단둘이 살면서 가끔 손자들이 놀러 오기를 기대하며 보내는 나날이 이어졌다. 오키나와에 살다 보면 신문이나 텔레비전에서 오키나와 전투 소식이 자주 보도된다. 하지만 그는 그 기사들을 읽지도 보지도 않았다. 어디서 알아냈는지 호향대 이야기를 듣고 싶다며 전화하는 이들이 있었지만 다시는 연락하지 말라며 거절하고 바로 끊어버렸다. 어머니가 돌아가셨으니 이제 자신만 침묵으로 일관하면서 모든 것을 끝내면 된다. 그 편이 가쓰조를 위해서도 좋을 거라고 스스로에게 이르곤 했다.

그날 오키나와 전투 증언을 모은 영상을 상영한다는 행사에 찾아간 것은 예외 중의 예외였다. 아내는 친구가 나오니 꼭 보고 싶다, 근처 마을회관에서 상영하니 데려가 달라고 졸라댔다. 둘 다 팔십 대가 됐고, 아내는 젊었을 때 너무 열심히 일한 탓인지 지팡이를 짚고서야 겨우 걸을 수 있었다. 자식들은 일 때문에 동행할 수 없다고 해서 어쩔 수 없이 가쓰아키가 아내를 휠체어에 태우고 마을회관으로 향했다.

마을회관 무대에 설치된 작은 스크린에 비친 흑백 영상은 처음부터 끝까지 오키나와 전투를 경험한 사람들의 증언이었다. 각각의 섬 말로 증언하는 자가 열 명 정도 있었는데, 그중 한 사람이 아내의 친구였다. 가쓰아키가 영상을 접하고 충격에 사로잡힌 건 끝에서 두 번째로 등장한 한 할머니의 이야기가 시작되면서였다. 화면 가득히 비친 그녀의 얼굴 아래에는 출신 마을과 옛 성, 이름, 나이가 자막으로 적혀 있었다. 그것을 보았을 때, 어쩌면…… 하고 생각했다. 증언을 듣는 동안 그 할머니는 가쓰조의 누나임에 틀림없다고 확신했다. 자택 거실에서 이야기하는 그녀의 머리는 새하얗게 변해 있었다. 카메라를 향해 매서운 눈초리를 보내는 할머니는 이렇게 말을 이어갔다.

전쟁 중에 난 열일곱 살이었어요. 국민학교 교정, 지금은 초등학교라고 부르지만 학교 교정은 본토 병사들의 막사로 쓰였지요. 난 병사들의 밥을 짓는 일을 했고요. 내 동생 중에 가쓰조라는 녀석은 제3중학교에 다닐 정도로 공부를 잘했지만 전쟁이 터지자 제3중학교 학생들이 모두 철혈근황대에 들어가면서 가쓰조도 총을 들고 야에다케로 가게 됐어요. 학생들은 상륙한 미군과 싸우다 모두 옥쇄했다고 마을에서는 전해지고 있답니다. 그 이야기를 듣고서 우리 엄마가 얼마나 우셨는지 모릅니다. 아버지는 야에다케로 가서 아들 유골이라도 주워 와야 한다며 미야자토라는 친구에게 특별히 부탁하곤 했어요. 미야자토라는 사람은 전쟁 전에 생선 가게를 하던 분인데, 요즘 생선 가게라고 하면 그냥 생선을 파는 곳이라 생각하지만 당시에는 여자가 나오는 술집이라 할까, 아무튼 여자들이 춤도 보여주고 그랬어요. 또 남자들이 하룻밤 묵기도 하는 그런 가게였죠. 그땐 이런 곳을 생선 가게라 불렀는데 미야자토 씨는 마을에서 중심인물이었어요. 자기 가게 여자들에게 일본군 위안부를 시키고 또 미군이 오면서는 미군 위안부를 시키기도 했죠. 그러니 미군 장교들과 친분이 있을 수밖에요. 미군에게 지프를 좀 빌려 달라고 부탁해 우리 아버지와 미야자토 씨가 함께 타고서 야에다케로 가쓰조의 유골을 찾으러 나섰던 겁니다. 그렇게 해서 학생들이 옥쇄했다는 장소에서 가쓰조의 유골을 찾아다녔다는데 사실 가쓰조는 다노다케로 이동했기 때문에 거기에 유골이 있을 리 없었죠. 결국 찾지 못하고 돌아왔는데 그 모습을 지켜본 스파이가 있었던 겁니다. 스파이라는 게 미군 스파이가 아니고요. 우군 스파이예요. 마을 사람 중 하나가 아버지가 미군 지프를 타고 야에다케에 갔다는 걸 산속에 숨어 지내던 우군에게 알렸던 거죠. 이 사람 때문에 우리 아버지는 우군에게 끌려가 칼에 베여 죽고 말았던 겁니다. 대체 누가 우군의 스파이였는지 모르지만 밀고한 사람이 분명 있었던 거예요. 같은 마을에 살면서 말이에요. 이런 썩을 놈⋯⋯.

이야기가 진행될수록 할머니의 어조는 격렬해졌고, 마지막에는 토해내듯이 썩을 놈……, 하며 카메라를 노려보았다. 그 눈빛이 자신을 향하고 있는 것 같아 가쓰아키는 자신도 모르게 가슴을 부여잡았다. 두근거림이 가라앉지 않아 마지막 사람의 증언은 거의 귀에 들어오지도 않았다.

상영이 끝나고 불이 켜졌다.

*어디 안 좋아요?*

아내가 물었다. 말없이 자리에서 일어나 아내의 휠체어를 밀고 현관으로 향했다. 아직 저녁 무렵이었지만 할머니가 누군지 알았을 때부터 흐르기 시작한 땀 때문에 옷이 차가워 한기가 들었다.

*그랬구나…….*

가쓰아키의 중얼거림에 아내가 *괜찮아요?* 하고 물으며 뒤돌아보았다.

*아무것도 아니라니까, 신경 쓰지 마.*

그만 아내에게 쌀쌀맞게 대하고 말았다.

*아무것도 아니라면 다행이지만.*

아내는 화난 듯 대꾸했다. 휠체어를 밀고 집으로 돌아오는 길에도 스크린 속 할머니의 눈과 목소리가 되살아났다.

우군의 스파이……, 밀고…….

할머니가 한 말이 가슴속 깊이 박혀 있었다. 그 눈은 지금
도 분노와 미움으로 가득 차 있었다. 등과 목덜미, 옆구리로
계속 흘러내리는 땀 때문에 기분이 역겨웠다. 그때 어머니
가 본 장면의 배후에는 증언에서 나왔던 이유가 있었던 것
이다. 가쓰조의 누나 입장에서는 가쓰아키와 어머니야말로
스파이이자 밀고자에 다름없었다.

자신이 전한 정보가 다카하시 소위를 통해 어디까지 퍼졌
는지는 알 수 없다. 가쓰조의 아버지를 죽인 것은 해군의 육
상 전투 부대로 독자적으로 살해 목록을 만들었다는 증언
을 읽은 적이 있다. 그러나 그 명단 작성에 자신의 정보가 활
용됐을 수도 있었다. 그걸 확인할 길은 없었다.

영상을 보고 난 뒤, 역시 가쓰조에게 모든 것을 털어놓는
편이 좋지 않을까 하는 생각도 들었다. 하지만 결국 말하지
않으리라는 것도 잘 알고 있었다. 용기가 없기 때문이기도
하지만, 이미 오랜 시간이 흘렀고 새삼 지금 이야기한들 무
슨 소용이 있겠느냐는 허탈함이 여느 때처럼 의욕을 꺾었기
때문이다.

어머니는 마을에서 홀로 지낼 때 가쓰조의 누나가 말한

내용을 이미 들었을지도 모른다. 그렇게 생각하니 자신보다 어머니가 훨씬 더 힘들었을 수도 있었겠다는 생각이 들었다. 문득 어머니의 마지막 웃음과 전단지 메모 뭉치가 떠올랐다. 어떤 생각으로 어머니는 가쓰조의 어머니와 누나를 대했을까. 어머니는 그 일에 대해 말하지도 않았고 가쓰아키 자신도 들으려 하지 않았다. 불에 탄 전단지 메모의 검은 재가 바람에 흩날리던 모습이 눈앞에 떠올랐다. 거기에 쓰여 있던 말이 이제는 생각나지 않는다.

전쟁만 없었더라면······.

휠체어를 밀면서 마음속으로 중얼거리지 않을 수 없었다.

마을의 새 묘지는 바닷가 근처 고지대에 조성돼 있었다. 원래는 묘들이 숲의 절벽 아래나 강가에 있었는데 전쟁 후 이곳에 콘크리트로 새 묘지 터를 만들자 유골 단지를 옮겨 안치하는 집도 늘었다. 지금은 쉰 개 이상의 묘가 완만한 경사면에 줄지어 있다.

가쓰조의 묘 위치는 모리야스에게 대략 전해 들었다. 내가 안내해줄게, 하고 전화기 너머로 그가 말했지만 신종 코로나 유행을 핑계로 거절했다. 가쓰조 가족에게도 알리지 말라고 부탁했다.

같이 사는 둘째 아들 가즈히사에게 부탁해 얀바루까지 차로 이동했다. 묘는 바로 찾을 수 있었다. 모리야스가 일러준 커다란 벚나무가 묘 근처에 있었고, 어린 초록 잎이 여름 햇살에 반짝이고 있었다. 긴조 가문의 묘라고 새겨진 비석을 확인한 뒤 그 앞에 아와모리와 과자를 올리고 향에 불을 붙여 향로에 꽂았다. 무릎이 아픈 가쓰아키는 선 채로 손을 모았다. 이제 와서 사과하는 것도 새삼스러운 일. 그저 편히 쉬어라, 하고 마음속으로 읊조렸다.

저승 따위는 옛날부터 믿지 않았다. 죽으면서까지 이 세상의 시름을 지고 가는 건 딱 질색이다. 죽음과 동시에 모든 것을 내려놓고 싶었다. 가즈히사에게 부탁해 여기까지 찾아와 죽은 이 앞에서 한마디 늘어놓는 것도 결국은 자기 자신에 대한 위안에 지나지 않는다는 것을 알고 있었다.

문득 열다섯 살 시절의 자신과 모리야스, 가쓰조의 모습이 떠올랐다. 아마 사이판 섬의 옥쇄가 보도된 직후였던 것 같다. 휴가를 받아 고향으로 돌아온 가쓰조를 불러내 모리야스와 가쓰아키 세 사람은 밤바다로 나갔다. 밤은 깊어갔지만 이야기는 끝이 없었다. 이야기를 나누다 지친 세 사람은 나란히 모래사장에 뒹굴었다. 파도 소리를 들으며 여름

밤하늘을 쳐다보았다. 지금과 달리 해안에는 인공 불빛 하나 없었고 무수하게 빛나는 별들에 숨이 막힐 지경이었다. '만천<sup>滿天</sup>의 별'이란 이런 걸 뜻하는 걸까. 그런 생각을 하고 있을 때, 문득 가쓰조가 혼잣말하듯 말했다.

내년 이맘때쯤, 우리들은 이미, 이 세상에 없을지도 모르겠네……

절절한 목소리에 가쓰아키는 가슴이 아파왔다.

너는 항상 이기는 놈이잖아, 이름이 벌써 가쓰조<sup>勝造</sup>인걸.

그래 이길 거야. 미국 놈들에게 이겨 백 살까지 살 거야.

모리야스가 밝은 목소리로 일부러 웃기게 말했다.

그래야지. 이겨야지.

가쓰조도 밝게 대답했지만 목소리에는 쓸쓸한 울림이 있었다.

잠시 후 모리야스의 코고는 소리가 들려왔다. 가쓰아키가 작게 웃음을 터뜨리자 가쓰조가 손을 잡아주었다. 손가락 깍지를 낀 가쓰아키도 눈을 감고 가쓰조의 손을 움켜쥐었다. 가쓰조의 따뜻한 손은 가슴속의 불안도 지워버렸다.

가쓰아키는 자신의 손을 보았다. 줄곧 잊고 지냈던 먼 기억이었다. 그래도 손바닥에는 그때의 감촉이 남아 있는 듯했다.

가쓰조, 백 살까지는 못 살았지만 너도 지금까지 잘 살아 왔어.

그는 이렇게 마음속으로 중얼거렸다. 향이 꺼지는 걸 확인한 뒤, 가즈히사는 술과 과자를 치웠다. 가쓰아키는 다시 한 번 묘지를 향해 손을 모았다.

묘지에서 나올 때 벚나무 너머로 산줄기가 눈에 들어왔다. 어릴 때부터 봐왔던 그 산은 온통 초록빛으로 가득했다. 그 옛날 저 산에서도 호향대원과 철혈근황대원 소년들이 배치돼 미군들과 전투를 벌였다. 지금도 초록빛 아래에는 유골들이 묻혀 있을 것이다.

이 산을 바라보는 것도 마지막일지 모른다. 그렇게 생각하면서 가쓰아키는 천천히 차를 향해 걸어갔다.

옮긴이의 말

역사학자 나리타 류이치成田龍一는 『'전쟁 경험'의 전후사「戰爭經驗」の戰後史』(岩波書店, 2010)에서 전후 일본 사회에서 전쟁 경험이 서사되는 양상과 추이를 다음과 같이 구분하고 있다. 먼저 전쟁 경험을 '상황'으로 서사하는 시기(1931~1945년)와 '체험'으로 서사하는 시기(1945~1965년), 그리고 '증언'으로 서사하는 시기(1965~1990년), 마지막으로 '기억'으로 서사하는 시기(1990년 이후)가 그것이다.

상황적 서사와 체험의 기록, 그리고 증언은 직접 겪은 전쟁을 전제로 한 서사라는 점에서 공통점을 갖지만, 90년대 이후에 등장한 '기억'으로 서사하는 전쟁은 '비체험'을 토대로 하는 점에서 확실히 이전의 전쟁 서사와 구분된다. 모든 전쟁 체험은 언젠가는 결국 '포스트메모리'로 전승된다. 전쟁을 경험하지 않은 세대들이 역사적 사실과 허구를 가로지르며 재현하는 앞으로의 전쟁 문학은 새로운 미학적 가능성을 열어젖힌다는 점에서 새삼 주목할 필요가 있을 것이다.

1960년생으로 오키나와에서 반기지 운동을 펼치며 동시에 수필과 소설을 발표하고 있는 메도루마 슌은 포스트메모리 세대를 대표하는 인물이라 해도 과언이 아니다. 1983년 「어군기」로 제11회 류큐신보 단편소설상을 수상하며 등단한 그는 90년대 후반부터 본격적으로 문필 활동을 시작한다.

기억으로 전쟁을 서사하기 시작했을 무렵, 메도루마 슌 역시 오키나와 전투를 소재로 지금은 존재하지 않는 망자, 즉 전사자를 불러내 그들 죽음의 배경에 있는 이루 말할 수 없는 전장의 참상을 펼쳐 보이고자 했다. 아쿠타가와상 수상작으로 유명한 「물방울」(1997)은 그 대표적인 예다. 전쟁에서 생환한 도쿠쇼의 엄지발가락에 물방울이 듣자 이 신비한 물을 마시러 밤마다 수많은 전사자들이 찾아오는, 말하자면 전쟁적 신체(전사자)와 전후적 신체(도쿠쇼)의 조우를 그려냄으로써 그는 전쟁과 전후를 이어붙이고 아직 끝나지 않은 오키나와 전투를 가시화

하고자 했다.

오키나와 전투를 꾸준히 다루어오던 그는, 2000년대 들어서 미군 기지 문제를 본격적으로 다루며 오키나와를 철저하게 폭력의 구조 속에 가두는 현실을 고발한다. 1995년 세 명의 미군이 열세 살의 오키나와 소녀를 대상으로 일으킨 성폭행 사건을 모티프로 한 『무지개 새』(2006)는 미군의 강력한 지배구조 속에 포획돼 폭력이라는 수단 외에는 그 어떠한 생존 수단도 상상하기 힘든 오키나와의 현실을 처절하게 그려내고 있다. 그 외에도 그는 소설 「희망」(1999)과 『기억의 숲』(2009)을 통해 미군 기지 문제를 정면으로 다루었다. 후텐마 미군 기지 이전 예정지인 헤노코에서 건설 반대 시위에 참여하고 바다 위에서 카누를 탄 채 해상 저지 활동을 벌이고 있는 메도루마는 미군 기지에서 비롯하는 폭력의 연쇄를 끊어내기 위해 지금도 사투하고 있다.

이번 소설집은 메도루마의 1990년대 주제와 2000년대 주제가 교차하는 작품이 등장한다는 점에서 특별하다.

표제작 「혼백의 길」(2014)은 오키나와 섬 북부 출신으로 오키나와 전투에서 중부 전선에 배치돼 생사의 귀로를 넘나들었던 '나'의 이야기를 다룬 것이다. 남부로 철수하는 과정에서 한 오키나와 여성과 갓난아기를 죽음에 이르게 한 '나'는 이 사건이 지울 수 없는 트라우마가 돼 평생을 자책과 후회, 우울로 얼룩진 삶을 살고 있다. 여든이 넘은 '나'는 모자에 대한 뒤늦은 진혼을 통해 전쟁의 상흔에서 벗어나고자 위령탑을 찾지만, 그곳에 모자의 이름이 있을지는 불분명하다. 집으로 돌아오는 길에 목격한 수직이착륙기 오스프리와 미군의 대형 트럭이 앞으로 더욱 나빠질 오키나와의 미래를 예견하는 가운데, 망자의 진혼도 미군에 대한 저항도 모두 흐지부지한 채로 끝나고 만다.

이 소설에서 모자를 죽음에 이르게 한 '나'의 행위는 전쟁이 인간을 얼마나 비인간적으로 전락시키는지를 적나라하게 증명하는 대목임은 분명하다. 동시에 오키나와가 여전히 전시적 상황에 놓여 있음을 생생하게 알리는 오스프리의 굉음과 미군 트럭은 또 다른 모자의 비인간적인 죽음을 준비하는 것이기도 하다.

「버들붕어」(2019) 역시 오키나와 전투 당시 섬 북부에 살던 어느 가정의 비극과 헤노코 기지 건설 현장을 교차시키며 폭력의 연쇄와 단절을 환기하고 있다. 아버지가 병으로 사망한 이후, 미군의 공습과 함포 사격을 피해 산속으로 몸을 피한 가요 가족은 불의의 사고로 남동생 간키치를 잃고 만다. 간키치를 지키지 못하고 혼자 살아남았다는 죄책감이 가요의 가슴을 무겁게 짓누르는 가운데, 간키치가 피난 가기 전 고향집 우물에 무심코 던져둔 버들붕어의 존재를 다시 목격했다고 믿는 가요는 버들붕어의 생환을 보며 미군 기지가 존재하기 이전의 오키나와를 상상하고 헤노코의 평화를 조용히 기도해본다. 한편 가요의 딸 가즈미는 삼촌 간키치와 그의 죽음을 영원히 기억할 것이라고 다짐하는 등 이 소설에서는 오키나와 전투에 관한 포스트메모리 세대의 감응도 엿볼 수 있다.

메도루마는 이 작품의 말미에 참고자료 목록을 소개하며, 「버들붕어」가 오키나와에서 발간된 역사서나 기록물, 증언집 등을 활용해 완성한 소설임을 알리고 있다. 이는 전쟁을 경험하지 않은 그가 과거를 마주하기 위해 각종 자료와 기록, 기억을 동원했으며, 나아가 과거와 현재 사이의 간극을 자신만의 미학적 방식으로 조율해 보려 했다는 점을 알 수 있게 한다. 그의 소설에는 환상적인 수법이 자주 등장하곤 하는데, 이는 과거와 현재 사이를 이어붙이기 위한 방법론이자 기록과 자료, 증언 이후의 세계를 현현하기 위한 소설적 모험이라 할 수 있을 것이다. 다시 말해 메도루마가 과거와 감응하는 이유는 전쟁 경험 세대의 담론을 빌려 전쟁 기억을 온전히 보전하는 데 목적이 있다기보다, 경험하지 않은 역사 혹은 체험하지 않은 전쟁에 스스로 연루돼 그것을 지금 여기의 기억으로 환기시키는 데 목적을 두고 있다고 말할 수 있는 것이다.

작품집에 수록된 다섯 편 가운데 가장 긴 「신 뱀장어」(2017)에는 오키나와 전투가 시작된 이후 본토에서 온 일본군 대장 아카자키와 마을 주민 가쓰에이의 첨예한 대립을 비롯해, 가쓰에이가 일본군에게 살해당하고 시간이 흐른 뒤, 본토에서 아카자키와 가쓰에이의 아들 후미야스가 만나 긴박한 언쟁을 벌이는 장면이 그려진다. 말하자면 일본군 대장 아카자키를 사이에 두고 전쟁 중에는 아버지 가쓰에이가, 전후에는 아들 후미야스가 맞서는 셈인데, 가쓰에이는 마을을 수호하는 상징이자 주민들의 신앙의 대상이기도 한 신神 뱀장어를 필사적으로 지키려 하고 본토에서 온 일본인 병사들은 뱀장어를 신성시하는 것 자체가 '비과학적'인 사고라 치부하며 식량으로 삼고자 그것을 죽이고 만다. 하와이에서 산 경험이 있는 터라 스파이 혐의에서 자유롭지 못했던 가쓰에이는 마을의 신 뱀장어를 지키려 저항한 죄목까지 더해져 결국은 처참한 죽음을 맞고 만다. 한때 우군(일본군)에게 도움을 주는 것을 신민의 사명감이라 여기며 아카자키 대장에게도 존경심을 품고 있었던 기쓰에이의 이들 후미야스는 끔찍한 모습으로 죽음에 이른 아버지를 보고서 우군에 대한 환상에서 깨어나 처절한 전쟁의 지옥을 직면하게 된다. 시간이 흘러 도쿄에서 일하며 가족들을 부양하던 후미야스는 한 선술집에서 아카자키와 재회하지만 그는 자신의 행동을 정당화할 뿐 일말의 가책도 느끼고 있지 않다. 아카자키의 딸 역시 후미야스를 아버지의 뒤를 밟는 수상한 오키나와인으로 치부하며 경찰에 신고하겠다고 으름장을 놓는다. 딸이 보기에 아버지는 과거에 훌륭한 군인이었고 지금은 한 오키나와인으로부터 협박받는 피해자인 것이다. 본토와 오키나와의 충돌, 그리고 전쟁의 갈등은 세대를 거듭하면서도 해소되지 않은 채 오늘날까지 그대로 이어지고 있다.

작품 말미에는 고향으로 돌아온 후미야스가 극적으로 신 뱀장어를 만나 마을의 재건을 희망하는 모습도 보이지만, 역사적 상처와 문화적 충돌, 사회적 불안 등이 다시 만난 신 뱀장어로 불식될 리 없다. 그럼에도 불구하고 후미야스가 신 뱀장어를 끝까지 쫓는 이유는, 혹은 메도루마 슌이 헤노코 앞바다에서 카누를 타고 해상 운동을 벌이는 이유는 오키나와 문제를 환기하는 방법이란 그러한 처절한 몸부림밖에 없기 때문인지도 모른다.

그 밖에도 이 소설집에는 전쟁을 경험한 세대와 경험하지 못한 세대가 한 시공간 안에 머무는 가운데 전쟁을 경험하지 못한 세대에게 전쟁 경험이 침윤되는 과정(「이슬」, 2016)이나 미국과 일본, 오키나와의 삼각구도 속에서 배태된 불신과 의심이 결국은 오키나와인을 희생양으로 만들고 마는 비극(「척후」, 2022)도 함께 수록돼 있다.

각 소설에는 오키나와 문제를 현재화시키기 위한 방법으로서 섬 말, 즉 오키나와 방언이 때때로 등장한다. 오키나와 섬 말은 오키나와 근현대사를 관통하는 일본 본토의 지배와 억압을 상징할 뿐만 아니라 그곳이 여전히 이질적인 공간으로 존재한다는 사실을 적확하게 드러내는 장치이기도 하다. 번역문에서는 작가의 이러한 의도를 반영하기 위해 섬 말을 이탤릭체로 옮기기로 했다. 다소 읽기에 불편할 수 있지만, 이런 불편함이야말로 부조리하고 부조화할 뿐인 오키나와의 과거와 오늘을 비추는 증거인지도 모른다.

불안과 강박, 공포와 광기로 넘쳐나는 전장을 마주하는 것은 여전히 불편하고 충격적이지만, 어정쩡한 거리에서 타협하지 않고 철저하게 그 끝을 겨누는 방식은 메도루마 슌의 변하지 않는 문학적 방법론이다. 이 소설집을 통해 그의 문학적 정수를 곱씹어보고 또 녹록지 않은 오키나와의 현실에도 많은 관심이 모이길 바라 마지않는다.

　마지막으로 어려운 교정과 출판 과정을 함께해주신 모요사 출판사의 두 분께 진심으로 감사드린다.

2024년 12월

조정민

# 혼백의 길

초판 1쇄 발행 2025년 1월 15일

| | |
|---|---|
| 지은이 | 메로루마 슌 |
| 옮긴이 | 조정민 |
| 펴낸이 | 김철식 |
| 펴낸곳 | 모요사 |
| 출판등록 | 2009년 3월 11일<br>(제410-2008-000077호) |
| 주소 | 10209 경기도 고양시 일산서구<br>가좌3로 45, 203동 1801호 |
| 전화 | 031 915 6777 |
| 팩스 | 031 5171 3011 |
| 이메일 | mojosa7@gmail.com |

ISBN        978-89-97066-40-7  03830